W0024163

Birgitta Elín Hassell
Marta Hlín Magnadóttir

Dämmerhöhe
Eiskalt

Birgitta Elín Hassell
verbrachte den Großteil ihrer Kindheit lesend in der örtlichen Leihbücherei. Bevor sie Autorin wurde, verkaufte sie Flugtickets für eine isländische Airline. Heute schreibt sie erfolgreich Jugendbücher und lebt mit ihrem Mann, ihren beiden Kindern und der Katze Krúsí am Rand von Reykjavík.

Marta Hlín Magnadóttir
wurde in einem kleinen Fischerdorf an der isländischen Westküste geboren. Bevor sie zu schreiben begann, arbeitete sie als Klavierlehrerin. An der Universität lernte sie Birgitta kennen, mit der sie 2011 den Kinder- und Jugendbuchverlag Bókabeitan gründete. Gleichzeitig entwickelten sie gemeinsam die Idee für die Serie »Dämmerhöhe«. Marta lebt mit ihrer Familie im Zentrum von Reykjavík.

Birgitta Elín Hassell
Marta Hlín Magnadóttir

Dämmerhöhe
Eiskalt

Aus dem Isländischen von
Anika Wolff

Arena

Unseren Schwestern, Müttern, Töchtern und Freundinnen,
Söhnen, Vätern, Ehemännern und Verwandten,
Guðmunda, Helga und Páll herzlichen Dank
für die guten Ratschläge, die Anmerkungen und das Anspornen

Die Übersetzung dieses Buches wurde gefördert von:

MIÐSTÖÐ ÍSLENSKRA BÓKMENNTA
ICELANDIC LITERATURE CENTER

1. Auflage 2016

Die Originalausgabe erschien 2011 unter dem Titel
Rökkurhæðir: Òttulundur bei Bókabeitan, Reykjavík, Island.

Aus dem Isländischen von Anika Wolff
Covergestaltung: Frauke Schneider
Gesamtherstellung: Westermann Druck Zwickau GmbH
ISBN 978-3-401-60145-8

Besuche uns unter:
www.arena-verlag.de
www.twitter.com/arenaverlag
www.facebook.com/arenaverlagfans

Rökkurhæðir ist ein Vorort der Stadt Sunnuvík und auf den ersten Blick ein traumhaftes Fleckchen.

Früher einmal war dieses Stadtviertel ein kleines Dorf, an den schattigen Hang des Hügels geschmiegt, nach dem es benannt ist: Dämmerhöhe. Heute bildet dieses Dorf den Kern des alten Teils von Rökkurhæðir, wo sich kurvige Straßen um mehr oder weniger windschiefe Häuser schlängeln, die meisten hinter hohen Bäumen verborgen und somit vor Wind und Wetter geschützt.

Der neue Teil von Rökkurhæðir sieht völlig anders aus. Obwohl die Einzel- und Reihenhäuser nicht besonders hoch sind, spendet ihnen kein Baum Schatten, wenn die Sonne erbarmungslos vom Himmel knallt, und auch der Hügel bietet keinerlei Schutz.

Die Mehrfamilienhaussiedlung am Fuße der Dämmerhöhe heißt Skuggadalir, Schattental. Ein Name, den sie nicht ohne Grund trägt, denn die Häuser liegen fast den ganzen Tag im Schatten, das ganze Jahr über.

Weiter oben am Hang stehen die Ruinen. Vor einiger Zeit noch bildeten sie den neuesten Teil des Viertels: schicke Wohnblocks und große Einfamilienhäuser mit Blick über das Viertel und auf den Fjord. Heute sind davon nur noch Ruinen übrig, von der Natur mit aller Macht zurückerobert. Manchmal reden die Erwachsenen hinter vorgehaltener Hand über das, was dort geschehen sein soll – übernatürliche Ereignisse, sagen manche, andere sprechen von Gräueltaten. Doch ganz genau weiß das niemand.

Zumindest die Kinder nicht.

Niemand spricht laut über die Ruinen, höchstens, um den Kindern zu verbieten, sich dort herumzutreiben – was die meisten von ihnen natürlich trotzdem heimlich tun.

Es geht einiges vor sich in Rökkurhæðir.

Manches ist unglaublich.

Manches unheimlich.

Manches fürchterlich ...

In der dunklen Ecke neben dem alten Bücherregal saß ein Kind und weinte bitterlich.

Im schwachen Lichtschein, der durchs Fenster fiel, konnte man blonde Locken und die Umrisse des kleinen Körpers erahnen. Bei jedem Schluchzer zuckten die schmalen Schultern.

Vigdís stieg aus ihrem Bett und ging auf das Kind zu, das mit hängendem Kopf auf der Erde kauerte. Sie beugte sich zu ihm hinunter und streckte eine Hand aus.

»Ist ja schon gut ... komm her ...«, flüsterte sie, »... ich tröste dich.«

Die kleinen Schultern bebten. Das Kind schaute auf und sah Vigdís an. Ihre Nasen berührten sich beinahe.

In dem Moment, als ihre Blicke sich trafen, hatte Vigdís das Gefühl zu erstarren.

Sie fühlte sich plötzlich wie die Gefangene dieses winzigen Wesens.

Die kleinen Augen waren feuerrot und blutunterlaufen, als hätten sie jahrelang geweint. Dieser Blick brannte sich tief in Vigdís' Kopf. Sie spürte förmlich das Feuer des Zorns, das ihr aus den Tiefen der Kinderseele entgegenloderte.

Was Vigdís in diesen Augen sah, zeugte von unerträglichem Leid, schmerzlicher Einsamkeit und ... Eifersucht ...?

Sie wäre am liebsten weggerannt, doch sie konnte sich nicht bewegen, war wie gelähmt. Plötzlich riss das Menschlein seinen Mund auf. Es schrie Vigdís mit einer Stimme an, die nicht von dieser Welt war:

»Verräääääääääter!!!!!!!«

Es läutete, endlich war die Schule für heute geschafft. Vigdís stopfte die Bücher in ihre Tasche und stürzte aus dem Klassenzimmer. Sie eilte den Flur entlang und war schon am Ausgang, als jemand nach ihr rief: »Hey, Vigdís! Warum hast du es so eilig?«

Anna, ihre Freundin, die in derselben Straße wohnte, kam hinter ihr hergelaufen.

»Hast du Lust, in Nonnis Laden vorbeizuschauen? Er hat neue Zeitschriften bekommen.«

»Ja. Obwohl ...« Vigdís dachte kurz nach, bevor sie weitersprach. »Ach, irgendwie hab ich keine Lust. Ich will noch den Bus erwischen und zu Oma fahren.«

»Du bist immer noch bei deiner Oma?«

»Ja, hab ich doch erzählt. Nächste Woche fliege ich zu Mama, wir sind in den Osterferien in Barcelona.«

»Klar, jetzt weiß ich's wieder.« Anna schüttelte den Kopf über ihre eigene Vergesslichkeit. »Dann sehen wir uns am Freitag.«

Sie verabschiedeten sich und Vigdís lief schnell weiter in Richtung Bushaltestelle, denn sie war jetzt wirklich nicht in der Stimmung für Gesellschaft.

Vielleicht lag das am dauernden Regen und an ihrer Niedergeschlagenheit in den letzten Tagen.

Vielleicht auch daran, dass ihre Mutter diesmal besonders lang wegblieb.

Vielleicht war es aber auch nur das Buch, das zu Hause auf sie wartete. Die Vampirgeschichte, die sie gestern angefangen hatte und die so unglaublich spannend war, dass sie es kaum erwarten konnte, endlich weiterzulesen.

Geschichten über Vampire, Geister und Seelen, die keinen Frieden fanden, hatte sie schon immer unwiderstehlich gefunden. Bis ihr mit neun mal eine Geistergeschichte solche Angst eingejagt hatte, dass sie danach nicht mehr schlafen konnte. Ihr Opa hatte damals gesagt, dass Menschen, die solche Bücher lesen, ihren Geist für Übernatürliches öffnen und die Wesen aus dem Jenseits dadurch auch leichter in die Häuser dieser Menschen gelangen würden.

Allein durchs Lesen.

Schon ein verrückter Kerl, der Opa.

Von diesem Tag an hatte sie einen großen Bogen um solche Bücher gemacht. Bis ihr jetzt dieses Vampirbuch in die Hände gefallen war.

Manchmal – wie auch an diesem Tag – hatte Vigdís einfach das Bedürfnis, allein zu sein. Dann wollte sie ihre Zeit lieber mit ihren Büchern als mit den anderen Mädchen verbringen. Mit Gesprächen über Jungs und Klamotten konnte sie ohnehin nichts anfangen. Außerdem machten ihre Freundinnen andauernd Sport. Hin und wieder spielte Vigdís zwar gerne mal mit ihnen Basketball auf dem Schulhof, aber sie hatte bestimmt keine Lust, ihre Lesestunden zu opfern, nur um regelmäßig mit den anderen zum Training zu gehen.

Da konnte ihre Mutter sagen, was sie wollte!

Noch dazu kam, dass auch Vigdís' Cousine Jóhanna übers Wochenende bei Oma sein würde. Wollte Vigdís das Buch noch vorher zu Ende schaffen, musste sie sich ranhalten.

Jóhanna war ein Jahr älter und hatte ein ganz anderes Temperament als Vigdís. Trotzdem waren die beiden schon immer gute Freundinnen gewesen. Sie hatten sich noch nie gestritten – das war ja wohl ein Rekord! Nur leider sahen sie sich nicht so oft, weil Jóhanna in Sunnuvík wohnte.

Vigdís freute sich richtig aufs Wochenende.

Jetzt saß sie im gemütlich warmen Bus und ließ die Gedanken schweifen, während der Regen gegen die großen Scheiben prasselte.

Vigdís war Einzelkind und hatte eigentlich zwei Zuhause. Obwohl sie sich im neuen Haus in der Sóltún, wo sie mit ihrer Mutter Jódís wohnte, wohlfühlte, mochte sie das zweistöckige Holzhaus von Oma Agnes im Óttulundur noch lieber. Beide Straßen gehörten zu Rökkurhæðir, doch der Óttulundur lag im alten Teil des Viertels.

Diese beiden Ecken von Rökkurhæðir waren total verschieden und auch die Häuser hätten unterschiedlicher nicht sein können. Das Haus von Vigdís' Mutter hatte nur eine Etage. Vigdís' Zimmer war groß, lichtdurchflutet und weiß gestrichen. Überhaupt war das gesamte Haus weiß, innen wie außen. Sogar die Böden waren weiß gefliest. Die Einrichtung war hochmodern und komplett durchgestylt.

Der Garten rund ums Haus stand im krassen Gegensatz dazu: Er war die reinste Schutthalde. Was aber daran lag, dass er noch nicht fertig war. Und damit ein Dorn im Auge der Nachbarn in ihren feinen Häusern ringsum, die ihren hübschen Rasen hegten und pflegten und regelmäßig Sprenger aufstellten. Die meisten hatten Sonnenterrassen mit Profigrills hinterm Haus und manche sogar einen Pool. Oder wenigstens Gartenmöbel.

Vigdís war mit ihren Eltern ein paar Tage vor ihrem dritten Geburtstag in das Haus eingezogen. Als Erstes hatten sie sich um die Garage, den Dachboden und ein paar andere kleinere Baustellen gekümmert, erst danach sollte der Garten an die Reihe kommen. Sie hatten sogar schon einen Gartenarchitekten ausfindig gemacht, der ihnen bei der Planung helfen sollte, als Vigdís' Vater Karl plötzlich starb.

Jódís hatte gerade eine neue Stelle als Geschäftsführerin eines großen Unternehmens angetreten. Die einfachste Flucht vor der Trauer war, sich in die Arbeit zu stürzen.

Vier Jahre später war Jódís kurz davor, die Gartengestaltung noch einmal anzugehen. Da fiel Opa Pétur von der Gartenleiter und lag zwei Monate schwer verletzt im Krankenhaus, bevor auch er starb. Er war die ganze Zeit im Koma gewesen.

Nach seinem Tod wurde der Garten mit keinem Wort mehr erwähnt. Die Mutter scherzte manchmal, dass es sich für Stubenhocker wie sie sowieso nicht lohnen würde, in den Garten zu investieren. Dem konnte Vigdís nicht widersprechen. Auch sie wollte sich lieber mit einem Buch vor den Kamin kuscheln oder mit ihrer Mutter Karten spielen, als im Garten am qualmenden Grill zu frieren.

Außerdem reiste ihre Mutter ja auch so viel. Wenn sie unterwegs war, wohnte Vigdís sowieso immer bei ihrer Oma im Óttulundur. Der Garten dort war wie aus einem Märchen, voller geheimer Ecken und Winkel, die nur Vigdís kannte.

Vigdís starrte weiter aus dem Busfenster auf die Straße und überlegte. Normalerweise fühlte sie sich bei ihrer Oma immer pudelwohl. Doch seit dem Aufwachen heute Morgen war sie irgendwie seltsam bedrückt. Klar, es war schrecklich früh gewesen. Bei ihrer Oma musste sie immer noch zeitiger aufstehen, weil der Schulweg länger war als von der Sóltún. Außerdem vermisste sie ihre Mutter. Doch es war noch irgendetwas anderes in der Luft, irgendetwas Düsteres. Und das lag nicht nur an ihrem Traum, sondern auch an den Ästen, die ans Haus schlugen, und am Wind, der durch die Bäume fuhr wie durch die Pfeifen einer Orgel.

Der Märchengarten im Óttulundur hatte in der Nacht wirklich schlechte Laune gehabt und damit nicht hinterm Berg gehalten.

Ach, bestimmt liegt es wirklich vor allem an dem seltsamen Traum und der schlaflosen Nacht, dass ich heute so komisch drauf bin, dachte Vigdís, stand auf und stieg aus dem Bus.

Auf dem kurzen Weg von der Bushaltestelle bis zum Haus wurde Vigdís klitschnass. Der grüne Mazda ihrer Oma war nirgends zu sehen. Sie arbeitete bei der Post und hatte meistens schon ab Mittag frei, aber donnerstags ging sie oft direkt von der Arbeit zum Bingo und kam daher erst später nach Hause.

Vigdís ging direkt ins Badezimmer, schnappte sich ein Handtuch und trocknete sich auf dem Weg in ihr Zimmer nebenan die dunklen, lockigen Haare.

»Komisch, die Tür hab ich heute Morgen doch offen gelassen ...«, murmelte sie und drückte die Türklinke herunter.

Dunkelheit und stickige Luft empfingen sie und ... irgendein Geruch, den sie dort noch nie wahrgenommen hatte. Sie schnupperte und versuchte herauszufinden, was es war.

Irgendwie kam ihr der Geruch bekannt vor oder vielmehr: Sie hatte das Gefühl, ihn eigentlich kennen zu müssen. Doch bevor sie darauf kam, war der Geruch auf einmal verflogen.

Ihr Bett stand gegenüber der Tür unter einem der beiden Fenster. Unter dem anderen war ihr Lieblingsplatz: die Bücherecke. Als sie es sich zwischen all den weichen Polstern und Kissen mit ihrem Buch bequem machte, richtete sich ihr Blick auf die Nische neben der Tür, die durch die Treppe entstand, die vom Flur aus zum Dachboden führte. Schlagartig fiel ihr der Albtraum aus der Nacht wieder ein und zog noch einmal an ihrem inneren Auge vorbei:

Ein Schluchzen hatte sie geweckt, so leise, dass es auch Einbildung hätte sein können. Doch als es nicht aufhörte, hatte sie sich aufgesetzt und umgesehen.

In der dunklen Ecke neben dem alten Bücherregal hatte ein kleines Kind gesessen und geweint.

Nachdem Vigdís aus dem Bett gestiegen war und versucht hatte, das Kind zu trösten, hatte es den Kopf gehoben und sie angesehen. Solch feuerrote, blutunterlaufene Augen hatte Vigdís in ihrem ganzen Leben noch nie gesehen. Sie hatte das Feuer des Zorns in der kleinen Kinderseele gespürt.

Und dann hatte das Kind den Mund aufgerissen und Vigdís entgegengeschrien: »Verräääääääääää-ter!!!!!!!«

Der Schrei war mit einer solchen Wucht gekommen, dass Vigdís' Haare zurückgeflogen waren.

In dem Moment war Vigdís aus dem Schlaf hochgefahren, von ihrem eigenen Schrei geweckt.

Was für ein schrecklicher Traum!

Energisch schüttelte sie den Kopf, als wollte sie die Bilder aus ihrem Gedächtnis herausschütteln, und wandte sich ihrem Buch zu. Darin kamen wenigstens keine gruseligen Kleinkinder vor.

Sie war bereits ganz in die Geschichte versunken, als ihr Magen plötzlich lautstark zu protestieren begann. Vigdís hatte völlig vergessen, etwas zu essen, nachdem sie nach Hause gekommen war.

Schon wieder musste sie an den fiesen Traum denken, als sie von ihrem Buch aufschaute und ihr Blick in die dunkle Ecke fiel.

Ihre Augen waren schon ganz müde vom Lesen. Vielleicht war es wirklich besser, runter in die Küche zu gehen und sich etwas zu essen zu suchen. Oma hatte gestern Kakaopulver gekauft und vielleicht waren auch noch ein paar von den Zimtschnecken übrig, die sie vorgestern gebacken hatten.

Vigdís rieb sich die Augen, während sie die Zimmertür öffnete. Im Flur befiel sie sofort wieder dieses komische Gefühl.

Als wäre sie irgendwie nicht allein. »Opa wird ja wohl nicht recht gehabt haben, dass ich ein Tor für irgendwelche Vampire geöffnet habe«, sagte sie halblaut zu sich selbst und schüttelte dann den Kopf. »So ein Quatsch.«

Der Flur im ersten Stock war lang und schmal. Vigdís hatte das hinterste Zimmer. Daneben war noch eine weitere Tür, doch die verbarg bloß die steile Treppe, die zum Dachboden führte. Obwohl es im Flur keine Fenster gab, war er nicht komplett dunkel. Am anderen Ende führte nämlich eine breite Treppe ins Erdgeschoss und dort war ein großes Fenster, das viel Licht ins Haus ließ.

Im Vorbeigehen warf Vigdís einen Blick in den breiten Spiegel, der in der Mitte des Flurs hing.

Im selben Moment heulte der Wind durch die Dachrinne.

Wie Kinderweinen.

Vigdís zuckte zusammen.

Dabei kannte sie doch eigentlich alle Geräusche in dem alten Haus ihrer Oma.

War da was im Spiegel gewesen?

Auf dem Weg nach unten sah sie durch das große Fenster die Bäume, die vom Sturm gepeitscht wurden. Auf der Hälfte der Treppe machte sie kehrt. Irgendetwas zog sie zurück.

Langsam glaubte Vigdís wirklich an Opas Theorie über Geister und übernatürliche Dinge. Er selbst war zwar in den bald vier Jahren, die er tot war, noch nicht als Geist wiederaufgetaucht, aber irgendwie hatte sie ein ungutes Gefühl, das sie nicht genau beschreiben konnte.

Auf der obersten Stufe angekommen, guckte sie in Richtung Spiegel, um herauszufinden, was sie vorhin darin gesehen haben könnte.

Nichts. War ja klar. Oder doch?

Sie ging ganz dicht an den Spiegel heran, so nah, dass das Glas durch ihren Atem beschlug.

Plötzlich sprang sie zurück.

Was war das? Sie wagte sich noch einmal näher heran, drückte die Nase an die Scheibe.

»Aaaaaaaaaaaaaaaahhh!!!«

Vigdís schrie auf und stürzte die Treppe hinunter, als wäre ihr der Teufel auf den Fersen.

Als Vigdís die alte Küchentür hinter sich zuknallte, klirrte im Wohnzimmer das Möwenservice in der Vitrine.

Vielleicht lag es wirklich an dem Albtraum, der ihr noch so frisch im Gedächtnis war, dass sie überall seltsame Dinge sah und hörte. Doch die roten Augen, die sie aus dem Spiegel angestarrt hatten, waren bestimmt keine Einbildung gewesen.

Diese bösen Augen waren noch echter gewesen als die im Traum. Und in dem kurzen Moment, in dem die Spiegelaugen sie gebannt hatten, waren auch die brennende Eifersucht und Hoffnungslosigkeit noch deutlicher zu spüren gewesen.

Nie zuvor in ihrem Leben hatte sie so eine Angst gehabt.

Und diese Hitze ... Atemlos stützte sie sich auf die Spüle und horchte auf ihr Herz, das wie verrückt pochte. Sie, die doch vor nichts und niemandem Angst hatte! Vigdís, die immer eine Geistergeschichte auf Lager hatte, bei Abendveranstaltungen in der Schule oder Übernachtungspartys mit ihren Freundinnen.

Sie hatte es wirklich drauf, solche Geschichten zu erzählen!

Die Mädchen quiekten und kreischten und selbst die Jungs bekamen eine Gänsehaut, wenn sie dabei sein durften. Einige hatten ihr sogar von anschließenden schlaflosen Nächten erzählt, in denen sie bei jedem Geräusch und jeder Regung hochgeschreckt seien.

Und trotzdem bettelten die anderen immer noch um mehr Geschichten und Gruselstoff!

Vigdís selbst hatte nie vor Angst wach gelegen – abgesehen von dem einen Mal, als sie neun gewesen war. Gruselgeschichten zu erzählen und zu hören, machte ihr einfach Spaß. Auch Jóhanna war eine tolle Geistergeschichtenerzählerin. Doch auch Jóhannas Geschichten hinterließen bei Vigdís keine Spuren: Sie schlief danach immer ohne Probleme ein und dachte nicht weiter darüber nach.

Einmal hatte sie bei ihrer Klassenkameradin Ingibjörg übernachtet, zusammen mit Anna und

Margrét aus der Stufe unter ihnen. Sie hatten sich übers Handballspielen kennengelernt und waren gute Freundinnen. Ingibjörgs Vater war Zimmermann und die Familie wohnte in einem großen Haus in der Daggartún, das er selbst gebaut hatte. Da das Haus noch nicht ganz fertig war, durfte Ingibjörg den Keller ganz für sich haben. Das war natürlich ein beliebter Treffpunkt für ihre Freunde.

Ingibjörg hatte ihre Klassenkameraden Kristófer und Ragnar gebeten, den Freundinnen einen ordentlichen Schrecken einzujagen. Sie hatte die ganze Sache bis ins Detail geplant und die anderen ahnten nichts. Vigdís hatte sich mal wieder überreden lassen, eine Gruselgeschichte zu erzählen – diesmal eine besonders spannende. Alle Lichter waren aus, nur auf der Kommode brannte eine große weiße Kerze.

Während Vigdís erzählte, hatten sie immer wieder das Gefühl, es rund ums Haus rumpeln und rascheln zu hören. Auch gedämpfte Stimmen waren zu vernehmen. Schon allein die Geschichte war zum Fürchten; da kurbelten diese Geräusche die Spannung und Fantasie nur noch mehr an. Keiner traute sich, die warme Kissen- und Deckenburg zu verlassen, die sie sich auf dem Boden gebaut hatten. Die Spannung war auf dem Höhepunkt, die Mädchen hingen an den Lippen der Erzählerin und zitterten am ganzen Körper, als plötzlich etwas ans Fenster prallte, ganz eindeutig.

BUMS!!!

Sie schreckten auf und starrten wie gebannt zum Fenster auf der anderen Seite des Raumes.

»Ich stecke fest, jetzt hilf mir doch ...«

»Nein, ich helfe dir nicht, du Ekel ...«

»Hey, nicht abhauen!«

»Meinetwegen kannst du hier vergammeln ... Hör auf damit, lass los, NEIN ...«

Ein Schrei, Gebrüll, Krach. Da draußen fanden offenbar irgendwelche Auseinandersetzungen statt.

Keines der Mädchen rührte sich. Alle starrten nur auf das Fenster, dass ihnen beinahe die Augen aus dem Kopf fielen.

Bis Vigdís genug hatte, kurzerhand aufsprang und zum Fenster stürmte. Als sie die schweren Vorhänge zur Seite riss, stießen ihre Freundinnen einen entsetzten Schrei aus.

Am Fenster waren zwei schrecklich entstellte Gesichter zu sehen. Das eine hatte nur ein Auge. An der Stelle des zweiten klaffte ein blutiges Loch.

Im Mund des anderen Gesichts fehlten fast alle Zähne, und nicht nur das: Auch die Lippen fehlten!

Die Mädchen sprangen auf und kreischten – selbst Ingibjörg, die das Ganze ja geplant hatte. Die Jungs hatten sich wirklich Mühe gegeben. Sie hatten nicht nur die Grimassen zwei Stunden lang vor dem Spiegel geübt, sondern sich auch noch von Ragnars großer Schwester schminken lassen. Sie machte gerade eine Ausbildung zur Maskenbildnerin, daher kam ihr die Übungsmöglichkeit gerade recht. Jetzt drückten die Jungs ihre Nasen gegen die Scheibe, strahlten ihre Gesichter von unten mit Taschenlampen an und verzogen sie zu schrecklichen Fratzen.

Die Mädchen kriegten sich gar nicht mehr ein vor lauter Panik, als plötzlich mit großem Gepolter die Zimmertür aufgerissen wurde.

»WAS IST HIER DENN LOS?«, donnerte eine tiefe, strenge Stimme. Gleichzeitig wurde das Zimmer einen kurzen Moment von einem blauen Blitz erleuchtet.

Vom grellen Licht geblendet, konnten die Mädchen im ersten Moment nichts erkennen. Ingibjörg dachte, sie würde in Ohnmacht fallen, und Margrét krallte sich an Annas Arm fest, dass die noch wochenlang einen blauen Fleck davon hatte. Doch dann hörten sie Ingibjörgs Mutter im Flur kichern.

Die Jungs hatten auch Ingibjörgs Eltern mit ins Boot geholt und so stand die Mutter hinter ihrem Mann, mit einem Fotoapparat bewaffnet, und lachte Tränen über die Gesichter der entsetzten Mädchen.

Doch nicht allen stand die Angst ins Gesicht geschrieben: Vigdís lehnte seelenruhig am Fenster und guckte abwechselnd von den Jungs zu ihren Freundinnen und Ingibjörgs Eltern. Auf dem Foto, das die Mutter geschossen hatte, war der Unterschied ganz deutlich zu sehen: Vigdís guckte allenfalls verdutzt.

Doch wo verdammt war diese Vigdís jetzt?

»Was ist eigentlich los mit mir?«, murmelte Vigdís, während sie sich immer noch am Rand des Waschbeckens festkrallte.

Ihr Herz beruhigte sich langsam wieder und versuchte nicht mehr, durch ihren Brustkorb zu brechen. Der Regen und der Sturm, die Schlaflosigkeit, der Albtraum der Nacht, der Hunger – daran musste es liegen, dass sie so extrem reagierte.

»Entweder habe ich eine Lebensmittelvergiftung oder eine gestörte Fantasie.«

Ein Auto kam ans Haus herangefahren. Vigdís hörte ihre Oma mit jemandem reden, während sie sich an der Tür zu schaffen machte. Sicher hatte sie eine der anderen Frauen zum Kaffee eingeladen.

»Hallöchen! Jemand zu Hause?«

Wie gut es tat, ihre Stimme zu hören. Vigdís war noch nie so froh gewesen, dass ihre Oma nach Hause kam. Normalerweise genoss sie es, das Haus donnerstags ein paar Stunden für sich zu haben.

Vigdís lief zum Eingang, um Hallo zu sagen. Sie waren zu dritt: Oma, Fríða und ... uff – die alte Steinka.

Steinka war eine verbitterte alte Frau, deutlich älter als Vigdís' Oma. Alle Kinder im Viertel und selbst die Jugendlichen hatten Angst vor ihr und machten auf der Straße einen großen Bogen um sie. Inzwischen war Vigdís alt genug, um zu wissen, dass es eigentlich keinen Grund gab, die alte Frau so zu fürchten. Die alte Steinka war absolut harmlos, obwohl sie so grimmig dreinschaute und Kinder nicht mochte. Trotzdem hatte sie etwas an sich, dass auch Vigdís ihr nicht zu nahe kommen wollte.

Da war immer dieses Gefühl, dass der alten Frau etwas Böses anhaftete.

Das änderte jedoch nichts daran, dass Steinka eine alte Freundin von Vigdís' Oma war. Irgendetwas verband die beiden, was genau, wussten nur sie selbst.

Fríða hingegen war toll. Sie und ihre Oma waren mal Nachbarinnen gewesen und seitdem verband sie eine enge Freundschaft. Solange Vigdís denken konnte, gehörte Fríða zum Leben im Óttulundur dazu.

Vigdís begrüßte die Frauen, sagte, dass sie gerade in der Küche sei, und fragte, ob sie ihnen Kaffee und Gebäck ins Wohnzimmer bringen solle.

Es fühlte sich an, als würde die alte Steinka sehen, was Vigdís gerade durchgemacht hatte, so tief bohrte sich ihr Blick in Vigdís' Kopf. Gut, dass sie den gewohnten Sicherheitsabstand eingehalten hatte. Es war heute schon genug passiert.

Kaffeeduft zog durch die Küche ins Wohnzimmer, wo die Frauen saßen und sich in gedämpftem Ton unterhielten. Vigdís hatte schon einen Teller mit einem Berg Zimtschnecken auf das Tablett gestellt und bereitete gerade einen zweiten mit geschmierten Broten vor, als sie im Wohnzimmer ihren Namen hörte und automatisch aufhorchte.

»Im Ernst, Agnes?«, rief Fríða. »Ich dachte, ihr hättet es ihr schon längst gesagt!«

»Pssst …«, machte die Oma und Fríða wurde sofort wieder leise. Vigdís drückte ihr Ohr an die Tür zum Wohnzimmer, doch die Frauen flüsterten jetzt – keine Chance, etwas zu verstehen. Also machte sie das Tablett fertig. Als sie die Wohnzimmertür aufstieß, hörte sie Steinka zischen:

»Das ist doch klar, so wahr ich hier sitze. Das Kind will nicht länger versteckt bleiben und ihr wisst auch, was – oder vielmehr WER meiner Meinung nach Péturs Tod verursacht hat und …«

»Nein, was werden wir verwöhnt!«, fiel Fríða Steinka ins Wort, als sie Vigdís mit dem Tablett voller Leckereien im Türspalt entdeckte.

»Komm, setz dich zu uns und erzähl ein bisschen. Ich habe heute nur mit alten Leuten zu tun gehabt«, sagte Fríða, zwinkerte Vigdís zu und verpasste Oma einen Stups. Vigdís lächelte zurück, holte sich einen Stuhl und stellte ihn so hin, dass sie nicht zu dicht bei Steinka saß und sie auch nicht die ganze Zeit angucken musste.

Jetzt fiel ihr wieder ein, warum sie überhaupt nach unten gegangen war: um etwas zu essen! Zuerst hatte der Schreck den Hunger überlagert und danach war sie zu beschäftigt gewesen. Schnell holte sie sich ein großes Glas Kakao.

Vigdís fand es lustig, sich mit der fröhlichen Fríða zu unterhalten, und ließ sich von Steinkas Anwesenheit nicht stören.

Als die beiden schließlich aufbrachen, war es schon so spät, dass sich Vigdís und ihre Oma zum Abendbrot mit einem kleinen Snack begnügten, den sie zu den Nachrichten aßen.

»Mensch, dieser ewige Regen raubt einem alle Kraft«, stöhnte Oma Agnes, als sie nur mit Mühe vom Sofa hochkam und in Richtung Treppe ging. »Würdest du die Küche in Ordnung bringen, Liebes? Ich möchte am liebsten gleich ins Bett.«

Vigdís war einverstanden. Erst noch ein bisschen in der Küche zu hantieren und sich dann mit ihrem Buch in die Leseecke zu verkriechen, passte ihr gut.

Es ging schon auf dreiundzwanzig Uhr zu, als Vigdís das Buch ausgelesen hatte. Sie war hundemüde. Die Erinnerung an den Albtraum der letzten Nacht und die roten Augen im Spiegel war im Laufe des Tages immer mehr verblasst und beim Lesen schließlich ganz verschwunden.

Oder ... hatte sich zumindest in irgendein Hinterkämmerchen des Gehirns zurückgezogen.

Verriegelt und verrammelt.

Als sie gerade einschlief, fiel ihr plötzlich wieder ein, worüber die Frauen im Wohnzimmer gesprochen hatten. Wem sollte ihre Oma was gesagt haben? Von welchem Kind hatte die alte Steinka gesprochen und wie hatte sie das mit Opas Tod gemeint?

Vielleicht wusste Jóhanna mehr darüber. Schließlich waren ihre Väter ja Brüder gewesen, Zwillingsbrüder sogar. *Morgen ist Freitag, mmmmmhhh, noch ein Schultag und dann Wochenende!*

Vigdís schob alle Fragen beiseite und glitt ins Land der Träume. Sie war so todmüde, dass sie noch nicht einmal das leise, hasserfüllte Flüstern aus der dunklen Ecke ihres Zimmers dabei stören konnte.

»Verräter ... Verräter ... Verräääääääteeeer!«

Im Halbschlaf hörte Jódís das Sirenengeheul. Sie drehte sich auf die andere Seite – Karl schlief tief und fest. Auf einmal war sie hellwach.

Vigdís!

Ihre kleine Vigdís schlief in letzter Zeit schlecht, wälzte sich im Bett herum und wachte nachts oft auf. Das war völlig untypisch für sie. Sie war es aber auch nicht gewohnt, allein zu schlafen. Jódís stolperte aus ihrem Bett rüber zum Kinderbettchen, das gerade so in die Nische unter der Treppe passte, da es ungewöhnlich breit war. Der dunkelhaarige Engel schlief wie ein Stein. Sie hob Vigdís trotzdem aus ihrem Bettchen und legte sie in die Mitte des Ehebetts, auch wenn es dann ziemlich eng darin wurde. So hatte sie auf jeden Fall Ruhe bis zum Morgen, und die hatte sie bitter nötig.

Danach schlief Jódís so tief und fest, dass sie sich noch nicht einmal rührte, als zwei Stunden später das Telefon klingelte. Da war es halb acht. Erst als sich Karl zu ihr ans Bett setzte und sie an der Schulter berührte, wachte sie auf.

»Jódís, Schatz, die Polizei hat gerade angerufen.«

Sie rieb sich die Augen und setzte sich auf.

»Was ... stimmt was nicht? Was ist passiert?«

»Die Garage ist in Brand geraten und komplett abgebrannt, mit allem, was darin war.«

Jetzt war Jódís schlagartig wach. Wie furchtbar! Ihr ganzes Hab und Gut hatte in der Garage gelagert. Das Einzige, was sie aus der kleinen Mietwohnung in den Óttulundur mitgenommen hatten, waren Kleider und Bettwäsche, eine Handvoll persönlicher Dinge und ein paar Spielsachen von Vigdís. Den Rest hatten sie in der gemieteten Garage zwischengeparkt, bis sie in die Sóltún ziehen konnten.

Sie waren gut versichert, da mussten sie sich zum Glück keine Sorgen machen. Plötzlich guckten sie sich an, als hätten sie genau im selben Moment den gleichen Gedanken gehabt: »Das Fotoalbum!!!«

Die Bilder von den ersten Tagen, ersten Schritten, ersten Schühchen ... all die Erinnerungen an die kleinen Füße und die kleinen Augen.

Alles verbrannt. Weg.

Dieser Schaden war nicht wiedergutzumachen. Jódís konnte es nicht fassen, bevor sie es nicht mit eigenen Augen gesehen hatte.

7

Freitag!

Vigdís sprang aus dem Bett und war in Minutenschnelle angezogen. Es regnete immer noch, aber das war egal: Jóhanna und ihre Eltern wollten zum Abendessen kommen. Und dann würde Jóhanna dableiben, bis Sonntag. Yippie!

Nach der Schule war Vigdís mit Anna, Ingibjörg und Margrét verabredet. Die Freundinnen trafen sich immer am ersten Freitag im Monat. Um einen Kakao zu trinken, etwas Leckeres zu essen, ein bisschen zu quatschen und ihren Spaß zu haben. Und um »die Lage zu besprechen«, wie sie es nannten.

An diesem Freitag gab es also viel, worauf Vigdís sich freuen konnte.

Normalerweise standen die Leute vor dem *Tortenstück* bis auf die Straße und man musste ewig warten, bis endlich ein Tisch frei wurde. Heute nicht. Der Regen, der die ganze Woche auf die

Stadt niedergeprasselt war, hatte sich in Schneeregen verwandelt, was auch nicht besser war. Die Mädchen gingen direkt zu ihrem Lieblingstisch am Eckfenster mit Blick über den Platz.

Sie bestellten alle einen großen Becher Kakao mit ordentlich Sahne und Schokostreuseln. An so einem Tag brauchte man einfach etwas Heißes, Cremiges.

Anna, die oft die Anführerin war und am meisten redete, wirkte heute irgendwie abwesend und mit den Gedanken woanders. Ihr kleiner Bruder lag nach einer schweren Krankheit immer noch in der Klinik. Anna und ihre Familie hatten es in letzter Zeit nicht leicht gehabt. Immerhin sah es so aus, als würde es Egill langsam besser gehen. Aber die Stimmung in der Mädelsrunde war trotzdem anders als sonst.

Vigdís hatte damit gerechnet, dass sie mal wieder über Gott und die Welt reden würden, über Handball, die Lehrer, ihre Klassenkameraden, doch irgendwie kamen sie auf das Thema Bücher und es stellte sich heraus, dass auch die anderen gerade Bücher über Vampire und übernatürliche Geschehnisse gelesen hatten. Und schon erzählte Vigdís den Mädchen von ihrem Albtraum und den Augen im Spiegel.

Vor den anderen machte sie sich über ihre eigene Angst lustig, und als sie beschrieb, wie sie völlig panisch die Treppe hinuntergestürzt war, klang das so komisch, dass Margrét vor Lachen beinahe vom Stuhl kippte und Ingibjörg ihren Möhrenkuchen über den ganzen Tisch prustete.

»Das ist die Strafe dafür, dass du uns anderen immer so einen Schrecken eingejagt hast, Fräulein Vigdís Furchtlos«, piepste Ingibjörg, als sie sich einigermaßen von ihrem Lachkrampf erholt hatte. Da grinste auch Anna von einem Ohr zum anderen und stürzte sich ins Gespräch – endlich.

Vigdís beschloss, nach dem Treffen noch eben in die Sóltún zu laufen. Sie wollte ihr Shampoo holen – das Zeug von ihrer Oma ging gar nicht, damit bekam sie ihre Locken nicht gebändigt. Außerdem war das der perfekte Vorwand, um Anna noch ein bisschen für sich allein zu haben. Die beiden wohnten ja direkt nebeneinander und hatten daher denselben Weg.

Anna hatte noch zig Fragen zu Vigdís' Traum, bis die ihr schließlich die ganze Geschichte erzählte, ohne die Sache herunterzuspielen oder ins Lächerliche zu ziehen. Vigdís erzählte sogar, was sie von dem Gespräch zwischen ihrer Oma, Fríða und der alten Steinka aufgeschnappt hatte.

»Im Ernst? Boa, ich habe immer so einen Schiss vor der alten Steinka. Keine Ahnung, was ich machen würde, wenn ich sie bei uns zu Hause sehen würde. Bestimmt würde ich sofort wieder abhauen!«

»Ja, ich fühle mich auch nicht wohl, wenn sie bei Oma ist. Aber sie wohnt halt ganz in der Nähe und die beiden kennen sich schon so lange. Ich passe einfach immer auf, dass ich nicht allein mit ihr bin.«

Plötzlich machte Anna ein ernstes Gesicht und schlug einen anderen Ton an: »Sei auf jeden Fall vorsichtig, Vigdís. Es geht vieles vor sich, von dem wir nichts wissen. Ich muss immer daran denken, was dein Opa gesagt hat: Es kann gefährlich sein, die Tür ins Jenseits zu öffnen.«

»Hallo? Bist du neuerdings abergläubisch? Was ist los? Gibt es etwas, das du mir erzählen solltest?«

»Nee, überhaupt nicht, so war das nicht gemeint. Ich wollte nur ...«

Anna machte ein so ernstes Gesicht, dass Vigdís sofort einlenkte und ihrer Freundin hoch und heilig versprach, vorsichtig zu sein. Sie sei sich sowieso sicher, dass in ihrer Umgebung nichts Mysteriöses im Gange sei. Sie habe in letzter Zeit nur schlecht geschlafen und zu viel gelesen.

Doch dann konnten sie trotzdem der Versuchung nicht widerstehen, weiter über die Sache zu reden und die wildesten Vermutungen aufzustellen. Anna wollte ganz genau wissen, wen Vigdís in letzter Zeit getroffen und ob sie jemand Neues kennengelernt hatte. Als Vigdís das verneinte, wirkte Anna richtig erleichtert. Die beiden hatten völlig die Zeit vergessen und schon ewig vor Vigdís' Haus gestanden.

»Oh nein, wie spät ist es eigentlich?« Vigdís guckte auf die Uhr. »Hoffentlich ist Svenni noch nicht bei Oma. Ich glaub, ich frage ihn, ob er hier vorbeifahren und mich mitnehmen kann.«

»Ach was, er fährt sicher auch so noch mal los, um dich abzuholen. Dein Onkel ist doch immer total nett ... Vergiss das Shampoo nicht!« Anna fand es offenbar nicht verdächtig, dass Vigdís nur wegen eines Shampoos den ganzen Weg auf sich genommen hatte. Sie selbst gab sich auch immer viel Mühe mit ihren Haaren.

»Nee, nee, mach ich nicht. Tschüss, und danke fürs Zuhören!«

Anna hatte recht. Svenni, der Zwillingsbruder ihres Vaters und Papa von Jóhanna, war immer total lieb zu ihr, genau wie Edda, seine Frau.

Obwohl sich Vigdís am meisten darauf freute,

Jóhanna zu sehen, hatte sie auch die jüngeren Geschwister ihrer Cousine, auf die sie manchmal aufpassten, richtig gern. Vor allem den kleinen Kalli. Er war nach Vigdís' Vater benannt, erst drei Jahre alt und einfach zum Knuddeln. Agnes junior war schon fast fünf und ein cleveres und lustiges Mädchen. Manchmal konnten sie aber auch ganz schön nervig sein. Dann hatten die beiden älteren Cousinen keine fünf Minuten für sich, weil die Kleinen die ganze Zeit wie Kletten an ihnen klebten.

Jóhanna und Familie auf dem Weg, check. Shampoo, check. Trockene Klamotten, check.

Da kam auch schon der kleine Bus herangefahren. Vigdís musste lachen, als sie Agnes wie verrückt winken sah.

Vigdís war glücklich. Sie hatte ihre Lieblingsverwandten mehr als eine Woche nicht gesehen und freute sich auf den Abend. Agnes und der kleine Kalli durften ruhig, so lange sie wollten, an ihr kleben!

Auch das Mädelstreffen war schön gewesen. Es hatte richtig gutgetan, ein bisschen über die Ereignisse der letzten vierundzwanzig Stunden zu lachen. Das hatte ihr doch ganz schön in den Knochen gesessen. Dieses Gefühl war jetzt zum Glück wie weggeblasen.

Onkel Svenni sprang aus dem Auto und drückte Vigdís an sich. »Hey, meine Maus, lange nicht gesehen!«

»Wann hörst du eigentlich auf, mich Maus zu nennen?«

»Ja genau, Mäuse sind ja viel kleiner, aber eine Ratte ist sie auch nicht!«

Alle prusteten los. Die kleine Agnes kam manchmal auf Ideen!

An diesem Wochenende sollten nur die beiden Großen bei Oma Agnes bleiben. Es war ganz schön hart gewesen zu sehen, wie Kalli heulte, als er von Vigdís getrennt wurde. Meist durften auch die Jüngeren oder wenigstens einer von ihnen dableiben, doch diesmal wollten die Cousinen das Wochenende ganz für sich haben. Denn Vigdís würde schon am Mittwoch nach Kopenhagen aufbrechen, obwohl die Osterferien eigentlich erst am Freitag begannen. Dort würde ihre Mutter auf sie warten und dann wollten sie nach Barcelona weiterreisen und sich dort ein paar schöne Tage machen. Die Mutter hatte vorgeschlagen, Vigdís' Geburtstag in demselben Café zu feiern, in dem sie ihrem Papa gesagt hatte, dass sie schwanger sei, vor genau fünfzehn Jahren.

Ursprünglich hatten sie Oma gefragt, ob sie und Jóhanna nicht auch mitkommen wollten, doch die wollte davon nichts hören. Sie meinte, Mutter und Tochter sollten zu zweit fahren und die Gelegenheit nutzen, mal ganz in Ruhe zu reden, in einer neuen Umgebung, wo sie von niemandem gestört würden.

Da hatte die Mutter ein komisches Gesicht gemacht und verlegen in Vigdís' Richtung geschielt. Vigdís fand die Begründung ihrer Oma lustig – sie und ihre Mutter waren schließlich so oft allein.

Geknickt sah Vigdís zu, wie Svenni und Edda die Kinder in ihre Jacken packten und ihnen Mützen aufsetzten.

»Ach komm, jetzt guck nicht so. Wir machen etwas Lustiges mit den beiden, wenn ihr zurück seid. Laden sie ins Kino ein oder so!« Jóhanna ließ das Gezeter ihrer Geschwister offenbar unbeeindruckt.

»Jaja, schon gut. Ich habe die beiden einfach so gern. Kein Wunder, dass es dich kaltlässt – du hast sie schließlich jeden Tag um dich, die ganze Woche.«

»Ja genau, da bin ich froh über ein paar Tage Ruhe.« Sie drückten und knuddelten die Kinder und halfen Edda, sie ins Auto zu verfrachten.

Svenni band sich gerade die Schuhe zu, als die Cousinen zurück ins Haus kamen. Im selben Moment kam Oma Agnes mit den Resten des Abendessens aus der Küche, die sie für ihren Sohn eingepackt hatte.

»Das musst du mitnehmen, Svenni, in meinen Kühlschrank passt nichts mehr rein.«

Svenni wusste aus Erfahrung, dass jeglicher Protest zwecklos war, und grinste, als die Mädchen ihm einen mitleidigen Blick zuwarfen. Sie drückten Svenni einen Kuss auf die Wange und verzogen sich lachend in Vigdís' Zimmer.

»Ach Mensch, wir wollten doch eine Kerze anzünden. Jetzt habe ich die Streichholzschachtel vergessen«, sagte Vigdís, als sie gerade oben angekommen waren. »Ich laufe schnell noch mal runter.«

Von der Treppe aus hörte sie, dass ihre Oma und Svenni noch in der Diele standen und sich unterhielten. Unwillkürlich wurde Vigdís langsamer und versuchte herauszuhören, worüber die beiden redeten.

»Sie ist so doll gewachsen, meine Maus, ist inzwischen fast einen Kopf größer als Jóhanna. Sie wirkt auch total erwachsen, finde ich. Ich hoffe sehr, dass Jódís Ostern endlich reinen Tisch macht.«

»Das wird sie tun, sie hat es mir versprochen, bevor sie nach Kopenhagen geflogen ist.«

»Wäre es nach mir gegangen, hätte sie erst gar nicht so in Vergessenheit geraten dürfen. In einer Familie, die so gut zusammenhält wie unsere, ist es überhaupt kein Problem, die Erinnerung lebendig zu halten. Was zu lange unbeachtet im Dunkeln warten muss, verdirbt. Das kann sogar richtig böse werden! Gute und liebe Menschen, die ...«

»Jaja, schon gut, Svenni, du klingst schon wie dein Vater!«

»Ja, Papa und ich haben das genau gleich gesehen. Aber ich bin richtig froh, dass du Jódís im Zusammenhang mit dieser Reise darauf angesprochen hast. Ich habe einen Artikel gelesen, in dem stand, dass man schwierige Dinge am besten an einem neutralen Ort bespricht. Vor allem solche, die man viel zu lange aufgeschoben hat.«

»Ja, so ist die Sache immer größer geworden, das lässt sich jetzt nicht mehr ändern. Ich finde es nur erstaunlich, dass das Mädchen nie etwas geahnt hat oder hier auf etwas gestoßen ist, das Fragen bei ihr aufgeworfen hat. So viel Zeit, wie sie in diesem Haus voller Erinnerungen verbringt ... Hier ist nichts verbrannt.«

»Nein, das stimmt. Aber Jódís hat ja auch immer

alles versteckt, obwohl Karl dagegen war und ...«
Draußen hupte es leise.

»Tja, ich sollte wohl mal. Wir müssen uns bei Gelegenheit mal treffen und unter vier oder sechs Augen sprechen, ohne die Kinder. Danke für das leckere Essen, liebste Mama.«

Er drückte Agnes einen Kuss auf die Wange, nahm ihr das Paket ab und öffnete die Haustür.

Vigdís stand noch immer auf dem Treppenabsatz.

Unzählige Fragen schossen ihr durch den Kopf. Haus voller Erinnerungen? Woran? Was verdarb oder wurde böse, weil es zu lange warten musste?

Als sie einen Blick in den großen Spiegel warf, hatte sie das Gefühl, darin zwei rote Augen glimmen zu sehen, ganz weit weg. Doch sie kamen näher.

Sie riss sich vom Spiegel los und ging zurück zu ihrem Zimmer. Sie hatte längst vergessen, weshalb sie noch einmal nach unten gehen wollte.

Es gab also Geheimnisse in dieser Familie. Darüber musste sie mit Jóhanna sprechen!

Es war schon alles gestrichen und der Boden verlegt worden. Im letzten Moment hatten sie entschieden, aus den drei Kinderzimmern zwei zu machen. Vigdís sollte das große Zimmer bekommen, wo eigentlich zwei kleine geplant gewesen waren, und das andere würden sie erst mal als Arbeitszimmer nutzen, bis hoffentlich weitere Kinder kamen. Die Versicherungen hatten gezahlt und die neue Einrichtung war bereits gekauft. Sie hatten das Haus sogar schon vor einigen Monaten eingerichtet, doch irgendetwas hielt sie im Óttulundur, vor allem Karl. An diesem Ort hingen alle Erinnerungen. Das neue Haus hingegen kam ihnen so unpersönlich vor mit all den neuen Möbeln. Außerdem machten Agnes und Pétur ihnen auch keinen Druck, sie fanden es schön, die kleine Familie bei sich zu haben.

Jódís versuchte, sich selbst und Karl Mut zu machen, und meinte, dass das Haus sicher bald ihr Zuhause würde und sie sich richtig wohlfühlen würden, sobald sie erst einmal eingezogen wären. Vigdís hatten sie zum Geburtstag ein eigenes Zimmer und ein richtiges Bett versprochen. Dann müsse sie nicht länger wie ein Kleinkind im Gitterbett schlafen. So sollte der Umzug mit etwas Schönem verknüpft werden und nicht mit der Sehnsucht nach dem Haus der Großeltern und den Erinnerungen dort. Das neue Bett hatten sie bereits gekauft und auch das Zimmer war schon fertig eingerichtet – was auch höchste Zeit war, denn der Geburtstag stand schon vor der Tür.

Jódís strich im Vorbeigehen über den großen Spiegel im Flur. Sie erinnerte sich an die kleinen Augen, die völlig entgeistert den Doppelgänger im Spiegel angestarrt hatten. Die kleinen Hände, die nach dem Spiegelbild gegriffen hatten, um das Wesen hinter dem Glas zu berühren. Aus zwei Händen wurden vier, aus vieren wurden acht …

Als sie sich dem Zimmer ganz am Ende des Flurs näherte, hörte sie, dass Vigdís mit jemandem sprach. Doch als Jódís die Tür öffnete, verstummte das Gespräch. Vigdís saß allein im großen Gitterbett und hatte alle Teddys um sich herumdrapiert.

»Hallo Mama. Besuchst du uns zwei?«

»Uns? Wer ist denn noch hier?«

Vigdís bog sich vor Lachen. »Mama, du Dummkopf, das weißt du doch ganz genau!«

Jódís wusste nicht, wie sie reagieren sollte. Situationen wie diese hatte es in den letzten Tagen häufiger gegeben. Ihr war das immer unangenehm. Gut, dass sie am nächsten Tag umziehen würden.

10

Die Mädchen wachten erst auf, als der Duft von gebratenem Schinkenspeck unter der Tür hindurchgezogen war und eine Runde durchs Zimmer gemacht hatte. Da sprangen sie in ihre Klamotten und rannten um die Wette runter in die Küche.

»Na, ihr Schlafmützen, seid ihr auch endlich auf den Beinen?«

Oma stand am Herd und machte Rührei, der Schinken lag schon auf einem Teller und auf einen zweiten hatte sie einen Berg Pfannkuchen gestapelt. Vigdís holte Sirup, Marmelade, Saft und Milch aus dem Kühlschrank und Jóhanna deckte den Tisch. Samstagmorgens im Óttulundur war Vigdís' Lieblingszeit. Manchmal waren nur sie und ihre Oma da, manchmal war Vigdís' Mutter dabei und manchmal auch Jóhanna. Manchmal waren sie auch alle zusammen, mit den beiden

Kleinen und ihren Eltern. Dann war richtig was los am Frühstückstisch.

»Besser, ihr seid ordentlich versorgt, bevor ich zu Fríða verschwinde«, sagte Oma und lächelte verschmitzt. Sie wusste, dass die Mädchen manchmal vergaßen, sich etwas zu essen zu holen, wenn man sie nicht regelmäßig daran erinnerte – so viel hatten sie sich nach einer Woche Getrenntsein zu erzählen.

Oma würde Fríða heute beim Streichen helfen, das hatte sie ihr schon vor Langem versprochen. Daher wollten Vigdís und Jóhanna sich ums Abendessen kümmern und Pizza backen, mit selbst gemachtem Teig und allem.

Obwohl es so gemütlich und lecker war, konnten die Mädchen es kaum erwarten, dass Oma Agnes endlich aufbrach. Vigdís hatte Jóhanna natürlich gesagt, was sie am Vorabend auf dem Treppenabsatz gehört hatte, und ihr dann auch noch von ihrem Albtraum erzählt und vom Gespräch zwischen den alten Frauen. Die halbe Nacht hatten sie überlegt, wo sie wohl am ehesten auf Hinweise stoßen würden. In diesem Haus musste es irgendwo Erinnerungen geben, an etwas, das »verdarb und sogar böse wurde«!

Erst als ihnen der Dachboden eingefallen war,

konnten sie endlich einschlafen. Das war der einzige Ort, der infrage kam. Den Rest des Hauses kannten sie in- und auswendig.

Oma Agnes und Opa Pétur hatten das Haus damals einem alten Witwer abgekauft, der es Anfang des letzten Jahrhunderts gebaut hatte. Das Haus war solide und gut gelegen, doch es war von Anfang an abzusehen gewesen, dass es schon bald zu klein sein würde. Als Oma dann mit Zwillingen schwanger wurde, beschlossen sie, es zu vergrößern, indem sie noch ein Stockwerk draufsetzten.

Heute bestand das Erdgeschoss aus Küche, Wohnzimmer, Esszimmer und einem kleinen Arbeitszimmer – ach ja, und einem kleinen Badezimmer unter der Treppe zum ersten Stock. Oben gab es auf der linken Seite ein großes Bad, daneben Vigdís' Zimmer, das früher einmal Karls Zimmer gewesen war, und ganz hinten im Flur war die Tür, hinter der sich die Treppe zum Dachboden verbarg. Gegenüber von Vigdís' Zimmer lag das alte Kinderzimmer von Svenni, das inzwischen als Gästezimmer genutzt wurde. Daneben hatte Oma ihr Schlafzimmer.

Das Gästezimmer mit dem alten Schrank und der riesigen Kommode voller Schätze hatten die

Cousinen schon oft durchforstet. Vor ein paar Jahren hatte Oma ihnen sogar mal erlaubt, in ihrem Schlafzimmer herumzustöbern und alle Kisten und Kästchen zu durchsuchen. Dabei hatten sie so manche lustige Entdeckung gemacht. Und in Vigdís' Zimmer kannten sie natürlich sowieso jede Ecke.

Der Dachboden war kaum begehbar. Da das Dach zu beiden Seiten so stark abfiel, konnte man nur genau unter dem Dachfirst stehen. Licht fiel nur durch zwei kleine Fenster an den Giebeln.

Daher war der Dachboden Sperrgebiet, daran hatten sich die Mädchen auch immer gehalten.

Bis jetzt.

Oma behauptete, dass der Boden nicht mehr sicher sei und es dort ohnehin nur Spinnweben gäbe. Doch die neuesten Ereignisse erforderten Taten.

Sperrgebiet hin oder her – sie mussten hinauf!

»Igitt, ich kann Spinnen nicht ab«, sagte Jóhanna, die hinter Vigdís die Treppe zum ersten Stock hinauflief.

»Kein Problem, ich gehe mit dem Laserschwert voran und töte sie alle, damit die Prinzessin unbeschadet zum Schatz unterm Dach gelangt!«

»Oh, vielen Dank, werter Prinz«, sagte Jóhanna

und lachte. »Sag mal, ist denn jetzt gerade auch wer im Spiegel?«

Vigdís blieb stehen, als sie oben angekommen war. Obwohl sie es weder ihrer Cousine noch sich selbst gegenüber eingestehen wollte, war ihr alles andere als wohl dabei, in den Spiegel zu gucken.

Vor dem Spiegel ließ sie ihr unsichtbares Laserschwert hin und her sausen.

»Nein, die Luft ist rein. Wir können weiterziehen.« Vigdís hoffte, dass Jóhanna nicht hörte, wie erleichtert sie war.

Trotz des Herumalberns hatten die Mädchen beide vor lauter Aufregung einen Knoten im Bauch. Was würden sie auf dem Dachboden finden? Vielleicht gar nichts!

Auf Höhe des Spiegels blieb Jóhanna stehen. Sie sah darin ihre Cousine den Flur entlanglaufen. Blitzschnell drehte sie sich um.

Seltsam ...

Sie guckte zu Vigdís. Dann wieder in den Spiegel.

Sah sie im Spiegel nicht ein kleines Wesen mit hängendem Kopf hinter Vigdís herschleichen?

Wow, jetzt war sie auch schon paranoid. Vigdís' Geschichte hatte sie offenbar mehr beeindruckt, als sie gedacht hatte.

»Hoffentlich wimmelt es da oben nicht wirklich vor Spinnen ...«, murmelte Jóhanna und lief hinter Vigdís her.

11

Hey, warum ist denn das Licht an?«

»Komisch, ich dachte, da würde nie jemand raufgehen!«

Vigdís stieg die steile Treppe hinauf. Ganz oben war ein kleiner Absatz. Links sah man die eine Hälfte des Raumes, die auf den ersten Blick völlig leer wirkte. Rechts war eine Tür, der Schlüssel steckte. Sie beschlossen, dort zu beginnen.

Dunkelheit empfing Vigdís, als sie die Tür aufstieß.

Und dann wieder dieser Geruch. Der Geruch, den sie am Tag zuvor auch in ihrem Zimmer wahrgenommen hatte.

Etwas ganz Altes, Seltsames, das ihr doch irgendwie bekannt vorkam.

Es erinnerte an ... an ... an ...

An Lachen?

Kleine Hände?

Nein, das war doch verrückt!

Au! Jóhanna schubste von hinten und guckte ihr ungeduldig über die Schulter.

»Ups, entschuldige ... Was ist das – ist da was?«

»Nein, alles okay, nichts. Nichts als Dunkelheit und ... und ... so ein komischer Geruch.«

»Ja?«, sagte Jóhanna und schnupperte. »Ich rieche nur normalen Dachbodenmuff. Sollen wir nicht reingehen?«

Es war doch nicht so dunkel, wie es auf den ersten Blick gewirkt hatte. Durch das kleine Fenster am Giebel fiel etwas Licht herein.

In unregelmäßigen Abständen hörten sie ein Geräusch, als würde etwas leicht gegen die Wand schlagen, ein kleiner Gegenstand aus Metall oder ...

»Was ist das für ein Geräusch?«, fragte Jóhanna und fasste Vigdís an der Hand. Sie standen ganz dicht beieinander und starrten ins Dunkel. War da jemand?

Plötzlich wusste Vigdís, woher das Geräusch kam: von dem Fenster, das ihr Opa streichen wollte, als ...

Genau davor stand der höchste Baum im ganzen Garten. Er harrte da draußen in Sturm und

Kälte aus und schlug mit seinen nackten, knorrigen Zweigen ans Fenster. Als würde er darum bitten, ins Warme gelassen zu werden.

Dabei war es nicht wirklich warm hier oben. Unglaublich, wie dominant der komische Geruch in dem fast leeren Raum hing.

Einen Lichtschalter fanden die Mädchen nicht, doch Vigdís war gut ausgerüstet: Sie hatte eine Taschenlampe dabei.

»Komisch, dieses Haus hat so viele Zimmer, die alle voll mit Möbeln und Krimskrams sind, aber hier oben ist gar nichts«, sagte Jóhanna und kratzte sich am Kopf. »Hier sieht es wie leer geräumt aus. Vielleicht sollte der Raum gestrichen oder in Ordnung gebracht oder umgebaut werden und dann ist doch nichts draus geworden.«

Vorsichtig machten sie ein paar Schritte. Vigdís ging voran und leuchtete mit der Taschenlampe hin und her, Jóhanna folgte dicht hinter ihr.

Nackte Wände mit alten, zerschlissenen Tapeten und überall Wollmäuse. Plötzlich zuckte Jóhanna zusammen.

»AAAHH! IIIHH!«

Vigdís erschrak fast zu Tode. Sie wirbelte herum und leuchtete ihrer Cousine direkt ins Gesicht.

»JÓHANNA, DU HAST MIR INS OHR GESCHRIEN!!«

»UND DU LEUCHTEST MIR GENAU INS GESICHT ... Sorry, ich hab nur ...« Vigdís konnte nicht anders als über das entsetzte Gesicht ihrer Cousine im Schein der Taschenlampe zu lachen.

»Da war irgendetwas Ekeliges an meiner Hand und etwas Ekeliges in meinem Gesicht und ...« Jóhanna wischte das »Ekelige« mit dem Pulloverärmel weg und schüttelte kräftig ihre Hände.

»Ach komm schon, das sind nur Spinnweben, jetzt stell dich nicht so an.«

Plötzlich ging die Taschenlampe aus und sie standen im Dunkeln.

Jóhanna stieß einen schrillen Schrei aus. »Vigdís, wo bist du? Ich halte das nicht aus. Ich finde es ekelig hier. Ohhhhh.«

Als Jóhanna verstummte, hatte Vigdís das Gefühl, die Cousine würde an ihr vorbeigehen. Aber nein, das konnte nicht sein, denn kurz darauf berührte etwas ganz leicht ihre Hand. Als sie nach Jóhannas Hand tastete, um sie zu drücken und ihr Mut zu machen, wunderte sie sich, wie klein und kalt sie sich anfühlte.

Und dann schon wieder dieser seltsame Geruch. Vigdís zerbrach sich den Kopf darüber, woran er sie erinnerte. Sie ließ sich von der kleinen Hand durch den Raum führen.

»Igitt, ohhh, wie ekelig! Was hängt hier denn alles von der Decke runter? Vigdís, wo bist du – lass mich nicht allein!«, rief Jóhanna ängstlich. Die Stimme klang unterdrückt und irgendwie so fern.

In dem Moment ging eine nackte Glühbirne an. Jóhanna hatte an einer Strippe gezogen, die ihr ins Gesicht gebaumelt hatte, und bekam zur Belohnung Licht.

Vigdís erschrak und schaute auf ihre Hand, in der sie eigentlich die Hand ihrer Cousine geglaubt hatte.

Doch da war nichts.

Als sie sich umdrehte, sah sie, wo Jóhanna stand: direkt an der Tür. Sie hielt mit siegessicherem Blick die Strippe in der Hand, die von der Glühbirne herunterhing.

Vigdís befand sich am anderen Ende des Raums, direkt neben dem Fenster, einem alten Sessel und ...

»Wow! Krass – eine Schatzkiste!«, rief Jóhanna und kam zu Vigdís gelaufen.

Vor ihnen stand ein riesiger brauner Koffer auf dem Boden. Durch den Staub blitzte eine Stahlkante voller Rostflecken hervor. Um den Koffer waren zwei Lederriemen mit eiserner Schnalle geschlungen.

Sie waren ziemlich fest gespannt.

12

»Nein! Nein! Nein!!!« Vigdís schüttelte den Kopf und wich vor dem Koffer zurück. Der Geruch war überwältigend. Sie hielt das nicht länger aus. Es war, als wollte sich irgendetwas, irgendeine Erinnerung in ihren Kopf drängen. Wessen Hand hatte sie hierhin geführt?

»Was nein, sollen wir ihn nicht aufmachen?« Jóhanna hatte offenbar nichts Seltsames bemerkt. Sofort machte sie sich an den Schnallen zu schaffen. Erstaunt sah sie in das völlig verängstigte Gesicht ihrer Cousine.

»Hast du wirklich Angst? Das ist doch nur altes Zeug. Bist du nicht neugierig?«

»Schon, aber ... Ach, irgendwie ist das komisch. Irgendetwas ist hier oben, merkst du das nicht?«

»Nein, du Dummkopf, jetzt hör auf damit. Was sollte hier schon sein?«

»Ich weiß nicht, ich hatte das Gefühl, dass ...«

Das klang wirklich dumm ... Wovor hatte sie eigentlich Angst?

Vigdís lächelte entschuldigend. »Na los, gucken wir rein.«

Das ließ Jóhanna sich nicht zweimal sagen. Sie machte sich mit voller Konzentration über den Koffer her. Vigdís hockte sich auf den Rand des alten Sessels und guckte zu, wie Jóhanna die Lederriemen öffnete. Obwohl sie so alt und steif waren, ließen sie sich ganz leicht lösen.

Aber dann ...

»Oh nein!!«

Sie stöhnten gleichzeitig auf. Unter den Riemen waren Schnappschlösser, für die man einen Schlüssel brauchte.

»Komm, wir gucken in Omas Schlüsselschublade!«

Sie liefen runter in die Küche und ruckelten eine Schublade der alten Anrichte auf. Was für eine Sammlung: alte und neue Schlüssel aller möglichen Größen und Arten.

»Puh, lass uns einfach die ganze Schublade mitnehmen!«, schlug Jóhanna vor und zog schon wie wild an dem alten Stück.

»Immer mit der Ruhe!« Vigdís musste über den Eifer ihrer Cousine lachen. »Es reicht doch, die kleinsten mitzunehmen. Tun wir sie einfach in eine alte Eisbox.«

Die kleinen Schlüssel herauszusuchen und in der Box zu sammeln, war eine schnelle Sache.

Wieder oben staunten sie nicht schlecht. Die Tür war nicht nur zu, sondern auch fest verschlossen. Und kein Schlüssel weit und breit!

»Hast du den Schlüssel mitgenommen?«, fragte Jóhanna.

»Nein, natürlich nicht. Merkwürdig ... Ob es unten einen Ersatzschlüssel gibt?«

»Ich hab's doch gesagt, wir hätten gleich die ganze Schublade mitnehmen sollen!!«

Wieder nach unten. Diesmal achtete Vigdís sehr darauf, nicht in den großen Spiegel zu gucken.

»Puh«, stöhnte Jóhanna, als sie durch die Tür in den Dachraum stolperten. Es hatte eine halbe Ewigkeit gedauert, den richtigen Schlüssel zu finden.

»Hast du das Licht ausgemacht, als wir nach unten gegangen sind?«, fragte Vigdís und sah sich verwundert in der Dunkelheit um. Sie wirkte noch dichter als vorhin, aber es war auch schon Nachmittag, draußen dämmerte es bereits.

»Nö, aber ich weiß ja, wo es wieder angeht.«

Jóhanna störte sich offenbar nicht an der Tür, die sich von alleine verschlossen hatte, am Schlüssel, der verschwunden war, und am Licht, das ausgegangen war, ohne dass eine Menschenhand in seine Nähe gekommen war.

Vielleicht hätte Vigdís das unter normalen Umständen auch nicht getan ...

»Na dann, an die nächste Schlüsselsuche!«

Ohne Jóhanna hätte Vigdís schon längst aufgegeben. Sie hatte wirklich ein bisschen Angst. Aber ... irgendetwas trieb sie an. Irgendeine Neugier juckte sie.

Diesmal kamen viel weniger Schlüssel infrage. Vigdís stand hinter Jóhanna, die auf dem Boden kniete und den dritten Schlüssel ausprobierte.

Plötzlich hatte sie wieder diesen Geruch in der Nase, er wurde immer stärker, ließ sie nicht in Ruhe. Wie von etwas Altbekanntem, das sie vermisste, ohne genau zu wissen, was es war ... etwas Weiches ... Lachen ...

Dann roch es noch stärker und gleichzeitig schmiegte sich eine kleine Hand in die von Vigdís. Wieder. Doch bevor es ihr so richtig bewusst wurde oder sie nachgucken konnte, war die Hand schon wieder verschwunden.

Dafür lag ein kleiner Schlüssel in Vigdís' Hand.

Woher zum Teufel war denn der gekommen?

»Jetzt versuche ich mal«, sagte Vigdís und kniete sich neben Jóhanna. Und tatsächlich: Der Schlüssel passte und die Schlösser sprangen mit einem lauten Schnappen auf.

Zusammengelegte Kleider.

Ein großes gerahmtes Bild.

Ein kleiner Stapel loser Fotos.

Plötzlich kam Bewegung in den Inhalt des Koffers. Der Bilderrahmen rutschte heraus, die losen Bilder verteilten sich über den ganzen Boden und aus den Kleidern erhob sich ein kleines Mädchen.

Es hatte blondes Haar und ein geheimnisvolles Lächeln auf den Lippen. Es war, als triumphierte es.

Es streckte Vigdís die kleinen Hände entgegen und sagte mit zärtlichem Stimmchen: »Liebste Vigdís, endlich bist du da ...«

Dann wurde alles schwarz.

13

Ich bin doch nur ein kleines Mädchen.

Alle kleinen Mädchen sind lieb, ich auch.

Aber ihr habt mich ganz allein in diesem großen, leeren Zimmer gelassen.

Niemand besucht mich. Ich bin einsam.

Weißt du noch, wie du mich früher oft in dein Zimmer gelassen hast und wir zusammen gespielt haben? Aber dann bist du irgendwohin weit weggegangen, mit der ganzen Familie.

Und ich durfte nicht mit.

Da bin ich böse geworden.

Mama lässt mich manchmal zu sich, aber immer nur kurz und ich kann nichts mitbestimmen.

Dann weine ich so doll, bis meine Augen ganz rot sind und ich wieder böse werde. Und wütend.

Papa war lieb. Es war so schön, seine Nähe zu

spüren, seine Wärme. Bei ihm durfte ich lange bleiben.

Er ist immer wieder gekommen. Einmal wollte ich ihn nicht mehr gehen lassen. Aber dann ist er verschwunden und ich habe ihn nicht mehr wiedergesehen.

Als Opa durchs Fenster geguckt hat, war ich so glücklich. Ich hatte ihn schon so lange nicht mehr gesehen. Hatte ganz vergessen, was für liebe Augen er hat und wie rau sein Bart ist. Ich habe die Arme nach ihm ausgestreckt. Ich wollte sein Grübchen berühren. Ich wollte, dass er mir hilft, wieder lieb zu werden, um dich vielleicht wiedersehen zu dürfen. Da hatte ich schon ganz vergessen, was mit Papa passiert war, als ich ihn nicht gehen lassen wollte.

Kleine Mädchen vergessen schnell.

Es ist so lange her, dass ich Mama gesehen habe. Papa ist weg, Opa auch.

Aber jetzt bist du da und kannst mir helfen, sie zu finden. Kannst du das?

Bleib bei mir ...

Geh nicht weg ...

Geh nicht weg ...

Geh nicht weg ...

»WACH AUF, VIGDÍS, VIGDÍS!!!«

»Autsch, hör auf, an mir zu rütteln, ich geh ja nicht weg, ich bin ja hier ... Was soll das?«

»Wer hat denn was von Weggehen gesagt? Du bist umgekippt und lagst da wie tot und dann hast du angefangen, irgendetwas zu murmeln. Ich hatte wirklich Schiss!«

Vigdís erschrak, als sie sich umdrehte und Jóhanna sah: Sie machte ein todernstes Gesicht und hatte angstgeweitete Augen. »Entschuldige, ich ... autsch!«

Sie wollte sich aufrichten, doch da fuhr ihr ein stechender Schmerz durch den Kopf, der Raum drehte sich vor ihren Augen und sie musste sich wieder hinlegen. Diesmal nahm Jóhanna ihren Kopf und bettete ihn in ihrem Schoß. »Wo ist das kleine Mädchen, das vorhin hier war? Wo ist es?«

»Hör auf damit, hier ist kein kleines Mädchen. So, jetzt bleibst du erst mal liegen. Ganz ruhig. NEIN, jetzt entspann dich! Von welchem Mädchen sprichst du? Es sind doch nur wir beide hier.«

»Aber ich habe es gesehen, ich habe es gehört, ich ...« Jóhannas Blick wurde immer besorgter.

Vigdís merkte, dass es keinen Zweck hatte, sich zu widersetzen, also blieb sie still liegen und versuchte zu erklären, was sie gesehen hatte, bevor sie zu sich kam. Doch sie wusste es schon selbst nicht mehr so genau, hatte es schon fast wieder vergessen.

Langsam verschwand der Nebel aus ihrem Kopf und sie dachte und sah wieder klarer. Gleichzeitig war die Erinnerung wie weggewischt.

»Wow, so ein komischer Traum. Sollen wir uns den merkwürdigen Koffer mal genauer ansehen?«, fragte Vigdís und setzte sich langsam auf.

»Ja, endlich, Cousinchen, das hätte ich gern schon früher gemacht!«

Ganz oben im Koffer lag ein gerahmtes Bild von einem kleinen Mädchen, etwa zwei Jahre alt. Es trug ein hellgelbes Kleid und in den blonden Locken ein Haarband in derselben Farbe. Auch auf den meisten anderen Fotos, die im Koffer lagen, schien dieses Mädchen abgebildet zu sein. Einige wirkten wie abgeschnitten.

»So eine Süße. Wer ist das wohl?«, wunderte sich Vigdís beim Durchblättern des Fotostapels.

»Ja wirklich, richtig süß. An irgendwen erinnert sie mich ...«, sagte Jóhanna und studierte die Bilder. »Vielleicht ist das irgendeine Verwandte oder Cousine? Oma hatte ja nur die Zwillinge, meinen Papa und deinen, kein Mädchen. Aber hat sie nicht noch eine Schwester in Amerika? Erinnerst du dich, von der hat sie uns irgendwann mal erzählt. Vielleicht ist das ihre Tochter.«

»Ja, irgendetwas an ihr kommt mir auch bekannt vor, aber ich weiß nicht genau, was. Das wird irgendeine entfernte Verwandte sein. Nur komisch, dass ihre Sachen hier sind.«

Vigdís interessierte sich viel mehr für die Kleider und die anderen Sachen im Koffer als für die Fotos. Sie stöberten weiter und fanden kleine Schühchen und Socken, einen Wollpulli, Leggins und Kleidchen.

»Guck mal, hier ist das Kleid, das sie auf dem Foto anhat! Wie süß! Und ein passendes Höschen«, sagte Vigdís und nahm das gelbe Kleid vom Boden des Koffers.

»Irgendwoher kenne ich dieses Kleid«, sagte Jóhanna und guckte auf das gerahmte Bild. »Es gibt ein Foto von mir in genau so einem Kleid, aber da bin ich ein bisschen älter, glaube ich. Und von dir gibt es doch auch eins, oder?«

»Doooch ... kann gut sein. Ach, ich weiß, unten im Wohnzimmer, neben dem Bild von dir. Aber du hast ein rosa Kleid an. Lass uns runtergehen und nachsehen. Wir müssen uns auch mal um den Pizzateig kümmern, Oma wird bald zurück sein. Ich habe schon richtig Hunger.«

Bis auf das gelbe Kleid räumten sie alles fein säuberlich zurück in den Koffer. Als sie gerade die Schnallen des Koffers zuschnappen ließen, hörten sie die Haustür zufallen.

»Halloooooo, jemand zu Hause?«, rief Oma. Sie war schon wieder da. Und sie trieben sich auf dem Dachboden herum!

14

Oma Agnes zog gerade ihre Schuhe aus, als die Mädchen die Treppe herunterkamen. Die Arme war klitschnass, obwohl sie mit dem Auto unterwegs gewesen war.

»Was denn, was denn, ihr Lieben, habt ihr es so eilig?« Sie schüttelte sich, dass die Tropfen von ihrem Regenhut in alle Richtungen flogen.

»Wir haben ganz vergessen, den Pizzateig zu machen, Oma ...«

»... wir haben was entdeckt ...«

»... wir haben ein Kleidchen gefunden ...«

Oma musste schmunzeln. Da standen die beiden und waren so aufgeregt, dass sie sich gegenseitig ins Wort fielen.

»Ich habe Fríða eingeladen, mit uns zu essen«, sagte sie. Die Cousinen freuten sich. Während Oma Agnes unter die Dusche gehen und sich frisch machen wollte, sollten die Mädchen schon mal den

Teig vorbereiten. Fríða würde in einer Stunde kommen, bis dahin sollte die Pizza fertig sein.

Daher beschlossen die Mädchen, sich wirklich als Erstes um das Essen zu kümmern und erst später nach den Fotos zu gucken. Jóhanna knetete den Teig und legte ihn in eine Schüssel, die sie mit einem feuchten Tuch abdeckte. In der Zwischenzeit schnitt Vigdís Pilze, Zwiebeln und Paprika klein, holte Salami und Schinken aus dem Kühlschrank und rieb einen großen Berg Käse. Dann endlich konnten sie weiterforschen!

Über dem Klavier im Wohnzimmer war die Familienfoto-Galerie. Die Bilder hingen dort, seit die Mädchen denken konnten, daher hatten sie sich die Fotos schon lange nicht mehr bewusst angesehen.

Jetzt inspizierten sie die Bilder bis ins Detail.

Auf der linken Seite hing ein großes Foto von Oma Agnes und Opa Pétur mit den beiden Zwillingsbrüdern. Oma saß auf einem Stuhl und hatte die Kinder im Arm, Opa stand dahinter, die Hände auf ihre Schultern gelegt, beide strahlten wie die Honigkuchenpferde. Vigdís strich mit einem Finger über das Grübchen ihres Opas. Wie sehr sie ihn immer noch vermisste ...

Auf der rechten Seite hingen sechs kleinere Bilder, die sogenannten Zweijahresbilder, weil alle Kinder darauf zwei Jahre alt waren. Ganz oben hingen Karl und Svenni, die Zwillinge. Trotz der steifen Hemden und der großen Fliegen grinsten sie den Fotografen frech an. Beide hatten die Grübchen von Opa geerbt. Darunter waren Bilder von der nächsten Generation: Vigdís in einem hellgelben Kleid mit hellgelbem Haarband in den dunklen Löckchen hing unter ihrem Vater. Das Bild von Jóhanna war unter Svenni; mit rosa Kleidchen und passendem Haarband, obwohl sie noch so gut wie keine Haare hatte. Darunter waren die Bilder von Jóhannas Geschwistern: Kalli mit einer großen Fliege um den Hals hing unter dem Foto von Vigdís. Und unter Jóhanna hing das Bild von Agnes, die dasselbe rosa Kleid trug wie ihre Schwester.

Auf dem Klavier stand ein gerahmtes Bild von Karl und Svenni mit ihren Mädchen auf dem Arm. Das Bild war offenbar am selben Tag gemacht worden wie das Zweijahresbild von Vigdís, denn sie trug das gleiche Kleid und hatte die gleiche Frisur. Jóhanna war ein Jahr älter, steckte im gleichen Kleidchen wie Vigdís und hatte auch ein gelbes Haarband im Haar, das nun endlich gewachsen war.

»Komisch ...« Vigdís nahm das Bild vom Klavier und sah es sich genauer an. »Neben deinem Vater ist viel mehr Platz. Als hätte jemand an der anderen Seite etwas abgeschnitten. Guck mal, sieht aus, als hätte neben Papa noch jemand gesessen, der dann weggeschnitten worden ist.«

Jóhanna nahm das Bild. Ja, man sah ganz deutlich, dass an der einen Seite etwas fehlte. So war es wohl kaum vom Fotografen gekommen. Auf dem Klavier stand noch ein zweiter Rahmen mit einem Bild von Jódís, die Vigdís auf dem Arm hatte.

»Na, ihr Lieben, was treibt ihr?«

Oma war frisch angezogen und hatte sich ein Glas Rotwein eingeschenkt.

»Wir staunen nur, wie süß wir damals waren ... und unsere Papas auch«, sagte Jóhanna und lachte. Sie drehte sich um und hielt ihrer Oma das gelbe Kleidchen hin. »Wir haben dieses Kleid gefunden und uns erinnert, es auf den Bildern gesehen zu haben. Ist das meins oder das von Vigdís?«

Oma wurde blass.

Geistesabwesend streckte sie die Hand aus und nahm das gelbe Kleid. Wie in Trance begann sie zu erzählen:

»Ich hatte so einen hübschen gelben Stoff im

Stoffladen bekommen und da dachte ich mir, dass ich euch allen daraus Kleidchen nähe, weil wir zusammen zum Fotografen gehen wollten. Eure Mütter haben sich die Mühe gemacht, passende Haarbänder zu besorgen. Vor allem Edda hat sich darum gekümmert, sie war so stolz, dass ihrem kleinen Mädchen endlich auch Haare gewachsen waren, und die Zwillinge ...« Gedankenversunken spielte sie an dem Kleidchen herum, während sie sprach. Plötzlich war sie wieder da. »Jóhannas Kleid ist das nicht, das war größer. Ich glaube ... Wo habt ihr das gefunden?«

»Es lag in einem alten Koffer, oben in dem Zimmer.« Jóhanna guckte betreten.

»Ja, also, auf dem Dachboden meine ich.«

»Auf dem Dachboden!« Oma guckte Jóhanna direkt in die Augen und sah dann zu Vigdís. »Ihr sollt da doch nicht hochsteigen.«

»Entschuldigung, Oma, aber ... Es hat so geregnet und uns war so langweilig ... Wir haben die Tür aufgemacht und da brannte dort oben Licht.«

»Ihr hättet es einfach ausschalten sollen und euch eine andere Beschäftigung suchen.« Doch auf einmal schien ihre Neugier zu überwiegen. »Und was habt ihr sonst noch in dem Koffer gefunden?«

»Da waren Bilder von einem kleinen Mädchen drin, in diesem Kleid, sie war blond und sah total süß aus, ein bisschen wie ...« Jóhanna guckte zur Fotowand.

»Hmmm ... ist ja merkwürdig«, sagte Oma und guckte erstaunt – oder verlegen?

»Ja, wir dachten, dass das vielleicht so ein Familienkleid ist und das Kind die Tochter von deiner Schwester in Amerika sein könnte, weil es uns ein bisschen ähnlich sieht, oder ... ich weiß nicht«, sagte Vigdís und fixierte ihre Oma.

»Ja genau, stimmt, stimmt, das passt«, sagte Oma und lächelte betreten. »Sollten wir nicht langsam mal die Pizza in den Ofen schieben? Ich habe den Pizzabäckerinnen ausnahmsweise sogar Cola mitgebracht!«

Als Oma sich umdrehte und zur Küche ging, warf Vigdís Jóhanna einen verschwörerischen Blick zu. Doch Jóhanna erwiderte den Blick nicht, sie guckte immer noch ganz konzentriert zu den Bildern an der Wand.

»Nein, Karl, wir müssen es so machen, anders geht es nicht.«

»Jódís, Schatz, das ist doch verrückt. Du musst doch einsehen, dass wir damit nicht durchkommen. Und dann auch noch an einem so kleinen Ort.«

»Ich meine ja nicht für immer. Aber erst mal, vielleicht zwei oder drei Jahre, bis Vigdís etwas älter ist und man vernünftig mit ihr reden kann. Es ihr erklären kann. Ist doch egal, was die Leute denken. Sie ist unsere Tochter, unser Leben geht niemanden außer uns etwas an.«

»Wovor hast du eigentlich Angst?«

»Wovor ICH Angst habe? Wovor hast DU Angst?«

»Ich habe Angst vorm Vergessen, ich will nicht vergessen. Gutes muss in der Erinnerung weiterleben dürfen und man muss offen darüber reden können. Das ist meine Meinung, von der mich auch niemand abbringen kann.«

Dieser Streit setzte Jódís zu. Doch sie blieb dabei. Sie musste es einfach schaffen, ihren Mann zu überzeugen. Vigdís' Verhalten kam ihr alles andere als normal vor. Doch zwingen konnte sie ihn nicht, er musste schon freiwillig einlenken. Irgendwie mussten sie sich einigen, anders würde es nicht gehen. Sie mussten zusammenhalten.

Vigdís war im großen Bett in ihrem neuen Zimmer eingeschlafen. Sie hatten den Kamin angezündet und bewunderten den Platz in ihrem geräumigen neuen Wohnzimmer. Die Wände waren noch ganz nackt. Schon wieder so eine Frage: Was sollte an diesen Wänden hängen? Welche Familienbilder?

Jódís lief über den glatten Holzboden und setzte sich neben Karl auf das neue Sofa. *Neues Haus, neue Möbel, neues Leben,* dachte sie und kuschelte sich an ihren Mann, ihre große Liebe. Sie wollte nicht auch noch ihn verlieren.

»Ich habe auch vor dem Schmerz Angst. Ich habe solche Gewissensbisse und ich werde sie einfach nicht los. Ich will nicht nur mich selbst schützen, ich habe auch Angst um Vigdís.«

»Okay«, sagte er. »Du entscheidest. Aber bevor Vigdís in die Schule kommt, machen wir reinen Tisch. Einverstanden?«

»Ja, natürlich. Danke, Schatz.«

16

»Hach, ist das schön …«, sagte Vigdís und rekelte sich auf dem Sofa im Wohnzimmer. Jóhanna und Oma stimmten zu, der Sonntag war bisher wirklich wunderbar gewesen. Gerade hatten sie sich bei einem ausgiebigen Kaffeetrinken die Bäuche mit Marmorkuchen und heißer Schokolade vollgeschlagen, als Belohnung nach dem Spaziergang. Es hatte nämlich tatsächlich mal für einen kurzen Moment aufgehört zu regnen.

Schon am Vorabend hatten sie beschlossen, alle weiteren Gespräche über Kleidchen und Tanten in Amerika von der Tagesordnung zu streichen. Für Vigdís war es beruhigend gewesen, Jóhanna bei sich im Zimmer zu wissen. Jedenfalls hatte sie endlich mal wieder besser geschlafen. Außerdem hatte sie eine große Decke über den Spiegel im Flur gehängt – was Oma Agnes nicht zu stören schien.

Doch nun war es langsam Zeit für Jóhanna.

Noch vor dem Abendessen wollte sie den Bus nach Hause nehmen. Denn schließlich mussten beide Mädchen auch noch etwas für die Schule tun. Vigdís war in der letzten Zeit besonders fleißig gewesen, nicht zuletzt um sich die verlängerten Osterferien zu erarbeiten. Die Lehrer überfluteten ihre Schüler schon mit Stoff für die großen Prüfungen im Herbst und hatten immer wieder betont, dass sie die Osterferien nutzen sollten, um herauszufinden, ob sie noch irgendwelche Lücken hätten, die sie im letzten Monat vor den Sommerferien noch aufarbeiten müssten. Vigdís hatte aber schon den ganzen Winter über konsequent gebüffelt und fand, dass sie sich die zwei Wochen Ferien wirklich verdient hatte.

Klopf – klopf …

Den ganzen Tag schon klopfte etwas in Vigdís' Kopf. Als wäre sie dabei, irgendetwas zu vergessen, etwas Wichtiges. Angefangen hatte das eigentlich schon am Vortag, als sie und Jóhanna noch einmal die Ereignisse des Tages besprochen hatten. Oma hatte das Kleid an sich genommen und nicht mehr darüber reden wollen, ja sie hatte sogar noch ein paar Mal wiederholt, dass die Cousinen sich nicht mehr auf dem Dachboden herumtreiben sollten.

Sie habe ihnen doch schon oft genug gesagt, dass der Boden nicht mehr in Ordnung sei. Deshalb hätten sie und Opa das Zimmer damals ja auch leer geräumt. Opa und die Zwillinge hätten den Boden rausreißen und erneuern wollen, doch als dann Karl gestorben war, sei dieses Vorhaben unter den Tisch gefallen. »Wie so vieles anderes«, murmelte sie. Deshalb war es gefährlich, dort oben herumzulaufen. Das Holz war so morsch und kaputt, dass sie glatt durch den Boden krachen und mit gebrochenen Knochen in Vigdís' Zimmer landen könnten.

Vom Koffer und von den anderen Dingen, die Vigdís und Jóhanna dort oben gefunden hatten, wollte sie nichts hören. Sie sagte irgendetwas von ihrer Schwester in Amerika und deren Tochter, die sie mal Aðalheiður, mal Kristín nannte. Sie, die normalerweise alle Namen wusste und sich sogar alle Geburtstage merken konnte.

Klopf – klopf ...

Jóhanna war aufgebrochen. Nach der Kuchenschlacht am Nachmittag hatte weder Oma noch Vigdís großen Hunger, daher aßen sie nur eine Kleinigkeit zum Abendbrot. Auch wollten beide früh ins Bett. Oma war immer noch erschöpft von der Plackerei bei Fríða und Vigdís freute sich darauf, ein Buch anzufangen, das Jóhanna ihr mitgebracht hatte. Ihre Cousine hatte nicht zu viel versprochen – Vigdís las gebannt bis spät in den Abend. Sie hatte gerade das Licht ausgeknipst und war dabei einzuschlafen, als …

Klopf – klopf …

Sie erschrak so sehr über ihre Erkenntnis, dass sie von einer Sekunde auf die andere wieder kerzengerade im Bett saß und hellwach war.

Das kleine Mädchen auf den Fotos im Koffer und das Mädchen, das sie oben auf dem Dachboden gesehen hatte, waren ein und dieselbe Person. Konnte das sein?

Nein, das *konnte* einfach nicht sein. Vigdís legte sich wieder hin und kniff die Augen zu. Doch das Gedankenkarussell drehte sich weiter. Blondes Haar, Locken, ähnliches Alter. Sie hatte sich das Bild nicht genau genug angesehen. Aber das Kind aus ihrem Traum, dem schrecklichen Albtraum – war das nicht auch ein kleines Mädchen gewesen? Moment mal … blondes Haar, Löckchen … Die roten, tränennassen Augen waren eigentlich das Einzige gewesen, an das sie in den letzten Tagen immer wieder gedacht hatte, doch jetzt kam auch die Erinnerung an die anderen Details langsam zurück.

Doch, das war ganz sicher dasselbe Mädchen!

Vigdís sprang aus dem Bett und stürmte in den Flur, wo sie ihrer Oma in die Arme lief. Die erschrak fast zu Tode und versuchte hastig, etwas hinter ihrem Rücken zu verstecken.

Vigdís glaubte, das gelbe Kleidchen erkannt zu haben.

»Vigdís, Liebes, wo willst du denn hin mitten in der Nacht?« Oma sah müde aus, sie hatte tiefe Ringe unter den Augen.

»Du, Oma, ich hab eine Idee. Ich muss gaaanz dringend kurz rauf auf den Dachboden und was nachgucken, bitte!!«

Oma nahm sie in den Arm und drückte sie fest an sich. Waren ihre Wangen feucht? Weinte sie etwa?

»Was ist denn, Oma? Tut mir leid ... Ich habe so ein schlechtes Gewissen, dass wir heimlich auf den Dachboden gestiegen sind.«

»Nein, mein Engel, ist schon in Ordnung, mach dir keine Sorgen.« Sie drückte Vigdís noch fester an sich, als wollte sie ihre Enkelin nie mehr loslassen. »Aber würdest du mir den Gefallen tun, nicht mehr in den alten Sachen zu stöbern, Liebchen? Wenn du aus dem Urlaub zurück bist, gehen wir gemeinsam auf den Dachboden und untersuchen jeden Quadratmeter. Dann gucken wir uns zusammen den Koffer an und alles, was darin ist. Aber du musst mir versprechen, vorher nicht hinaufzugehen. Dafür verspreche ich dir, dass ich nichts anrühre, bis du wieder hier bist.«

Vigdís hatte gar keine andere Wahl, als auf diesen Vorschlag einzugehen. Sie hatte ihre Oma unendlich lieb und wusste, dass sie ihr immer vertrauen konnte. Bis nach dem Urlaub würde sie die Füße still halten. Oder zumindest nicht auf den Dachboden gehen.

Das war auch für sie ein guter Vorwand, fürs Erste alle Gedanken zur Seite zu schieben und sich um andere Dinge zu kümmern. Zum Beispiel musste sie noch ihren Koffer und ein paar Sachen aus der Sóltún holen. Schon in ... DREI TAGEN würde sie in den Urlaub fliegen!

Doch zurück in ihr Zimmer zu gehen, konnte sie sich nicht vorstellen. Jetzt, wo Jóhanna nicht mehr da war, würde sie sicher keine Sekunde schlafen.

»Oma, darf ich denn mit in deinem Zimmer schlafen?«

Keine Frage, das durfte sie. Vigdís legte sich auf das alte, weiche Kissen ihres Opas und hatte das

Gefühl, wieder das zehnjährige Mädchen zu sein, das niemals Angst hat.

Hier störte sie nichts und sie schlief wie ein Stein.

17

Der Montag kam und ging. Vigdís hatte früh schulfrei und nutzte den Tag, um mit ihrer Oma alles für die Reise vorzubereiten, ihre Kleider zu waschen und zu überlegen, was sie mitnehmen wollte. Oma Agnes fand es schrecklich, alles auf den letzten Drücker zu machen.

Der große Spiegel im Flur war immer noch abgehängt und Vigdís mied ihr Zimmer. Ihre Decke lag noch in Omas Schlafzimmer, daher schlief sie einfach wieder dort. Die beiden verloren kein Wort darüber.

An Vigdís' vorletztem Schultag war schon beinahe alles fertig für die Abreise am nächsten Tag, aber trotzdem war Vigdís die ganze Zeit mit den Gedanken woanders. Ihre Freundinnen waren beinahe genauso gespannt auf das bevorstehende Abenteuer wie sie selbst. Nach der Mittagspause hatten sie Glück und erwischten das beste Sofa auf dem Oberstufengang. Sie machten es sich bequem und die anderen fielen mit tausend Fragen über Vigdís her.

»Wie warm ist es gerade in Barcelona?«

»Was nimmst du mit? Hast du schon gepackt?«

»Wow, wie ist es wohl, da shoppen zu gehen ... Es gibt bestimmt total viele Geschäfte ... Ist es da teuer?«

Vigdís genoss es, im Zentrum der Aufmerksamkeit zu stehen, und beantwortete ausführlich alle Fragen. Wirklich gepackt hatte sie noch nicht, aber schon entschieden, was sie alles mitnehmen wollte. Ihre Reisetasche und ein paar andere Sachen musste sie noch aus der Sóltún holen. An die Geschäfte und Sehenswürdigkeiten hatte sie noch gar nicht gedacht – gute Idee von Ingibjörg! Mit zehn hatte Ingibjörg mal einen Sommer in Barcelona verbracht, als ihre Mutter dort einen Kunstworkshop besuchte. Während Mutter und Tochter sich schöne Tage in der Sonne machten, war der Vater auf Island geblieben, um ihr Haus zu bauen.

Dann erzählte Anna von der bevorstehenden Frühlingsaufführung ihrer Tanzgruppe und den Vorbereitungen dafür. Als das Gespräch anschließend aufs Thema Handball kam und die Mädchen anfingen, über den Trainer und die Jungsmannschaft zu sprechen, schaltete Vigdís ab. Normalerweise interessierten sie die Handballgeschichten schon ein bisschen, über den Sport hatten die vier sich ja sogar kennengelernt, doch im Moment hatte sie so viel Wichtigeres im Kopf …

Und zwar nicht nur die Reise oder die Erlebnisse des vergangenen Wochenendes, sondern auch das, was Oma ihr an diesem Morgen gesagt hatte, bevor sie zur Schule und zur Arbeit aufgebrochen waren.

Sie hatte gesagt, dass sie viel nachgedacht habe, seit die Cousinen am Samstag den Koffer und das Kleid gefunden hatten. Es gebe so viele Dinge, die sie ihr sagen wolle, doch das sei leider nicht ihre Aufgabe.

»Aber weil dir gerade so viel im Kopf herumschwirrt und du immer so lieb und verantwortungsbewusst bist, habe ich beschlossen …«

»Nein, Oma, ist schon in Ordnung, das ist schließlich dein Haus.«

Die Oma legte die Hände auf die Schultern ihrer Enkelin und sah ihr in die Augen.

»Lass mich ausreden, Liebes. Ich finde, du solltest das wissen. Heute ist es genau zwölf Jahre her, dass dein Vater gestorben ist, und ich finde, wir sollten das Andenken dieses guten Mannes ehren, indem ich dir nachher etwas über ihn erzähle.«

Vigdís war überglücklich. Sie freute sich riesig darauf, nach der Schule ihrer Oma zuzuhören. Sie hatte schon so oft versucht, mit ihrer Mutter und Oma über den Vater zu reden, und sie hatte auch einiges erfahren, doch es klang immer so, als wäre er nie mit ihnen in die Sóltún gezogen. Jedenfalls reichten die Erzählungen über ihn nie bis in die Zeit nach ihrem Umzug.

»Stimmt's, Vigdís? Vigdís, hörst du gar nicht zu?«

»Hmmm ... was ... wer? Worüber habt ihr geredet?«

Die Mädchen prusteten los. Im selben Moment ging die Schulglocke.

»Saved by the bell«, sagte Anna und zwinkerte Vigdís zu, die geistesabwesend lächelte. Diese Dienstage waren einfach immer viel zu lang. Der Unterricht ging noch bis vier Uhr.

Tja, da konnte man nichts machen. Augen zu und durch. Sie musste versuchen, sich auf den Unterricht zu konzentrieren – dann würde der Tag auch schneller rumgehen.

18

Vigdís machte sich sofort nach Schulschluss auf den Heimweg – sie verabschiedete sich noch nicht einmal von ihren Freundinnen. Sie sprang aus dem Bus und war so tief in ihre Gedanken versunken, dass sie zusammenzuckte, als ein Krankenwagen mit ohrenbetäubendem Martinshorn an ihr vorbeisauste. Sie erschrak so sehr, dass sie stehen bleiben musste, um sich kurz davon zu erholen.

»Uff … schön langsam, sonst kriegst du noch einen Herzinfarkt. Oma ist ja eh noch nicht zu Hause«, murmelte sie und setzte sich wieder in Bewegung. Sie bog in den Óttulundur ein und war völlig verdutzt, als sie den Krankenwagen genau vor dem Haus ihrer Oma stehen sah.

Was war passiert?

Sie rannte los. Neben dem Auto ihrer Oma erkannte sie Onkel Svennis Wagen. Genau in dem

Moment kamen die Sanitäter mit einer Trage aus dem Haus, Onkel Svenni lief hinterher.

»Svenni! Wo ist Oma? Was ist los, ist sie verletzt???«

Svenni stürzte auf Vigdís zu, nahm sie in den Arm und lenkte sie weg von den Sanitätern.

Er redete beruhigend auf seine Nichte ein: »Ganz ruhig, meine Maus. Es ist niemand gestorben und auch niemand ernsthaft verletzt.«

»Aber wer …? Was …? Warum hat mir niemand Bescheid gesagt? Warum …?« Sie guckte sich nach dem Krankenwagen um und beobachtete, wie die Trage hineingehoben wurde.

»Wir wussten, dass du auf dem Heimweg warst, und da haben wir beschlossen, dass Oma es dir sagt, wenn du zu Hause bist. Jóhanna ist ohnmächtig geworden und wir haben zur Sicherheit einen Krankenwagen gerufen.«

»Jóhanna? Aber warum …? Was hat sie denn hier gemacht?«

Da kam Oma aus dem Haus, die erstaunlich gelassen wirkte. Sie ging zu ihrem Sohn und klopfte ihm zärtlich auf den Rücken.

»So, Svenni, jetzt übernehme ich. Mach, dass du zu Jóhanna in den Krankenwagen kommst, und dann hören wir uns später. Und wir beide unterhalten uns jetzt ein bisschen«, sagte sie und wandte sich Vigdís zu. Sie führte sie ins Wohnzimmer, wo sie es sich auf dem Sofa bequem machten. Dann nahm Oma Agnes Vigdís' Hände und begann, die Geschichte ihres Vaters zu erzählen.

19

Wie du weißt, ist dein Vater in diesem Haus geboren und aufgewachsen. Damals war das Viertel noch viel kleiner. In der Gegend, wo heute euer Haus steht, waren noch Wiesen und Felder und auch hier standen damals viel weniger Häuser.

Sosehr sich meine Zwillinge äußerlich auch gleichen – innerlich waren sie immer grundverschieden. Dein Onkel Svenni ist hartnäckig und geschickt, hat immer mehrere Eisen im Feuer und tausend Ideen und Projekte. Karl war mehr der Träumer.

Du erinnerst mich oft an ihn.

Eine gutmütige Seele ... Er wollte für alle immer nur das Beste, hatte wenige, aber treue Freunde und saß am liebsten in seiner Ecke unter dem Fenster – ja genau, deiner Lieblingsecke – und las.

Dass er zu so wenigen Menschen engen Kontakt hatte, lag auch daran, dass er ungewöhnlich empfindsam war. Er sah Dinge, die andere nicht sahen, er spürte die Aura der Menschen und merkte, wenn sie Schlechtes im Sinn hatten. Er meinte auch, dass viele Menschen Begleiter haben, von denen sie selbst nichts wissen. Meist waren das gute Wesen, wahrscheinlich irgendwelche verstorbenen Verwandten, doch er mied solche Menschen, fand den Umgang mit ihnen unangenehm.

Diese Gabe hat er von seinem Vater geerbt. Pétur hat zwar nie darüber gesprochen und keinen Wirbel darum gemacht, aber ich habe es ihm angemerkt. Auch er war unglaublich feinfühlig und sah und begriff mehr als andere.

Es heißt oft, dass solche Fähigkeiten mit dem Alter langsam verschwinden – vermutlich tun sie das manchmal wirklich. Nicht so bei deinem Vater. Aber er hatte gelernt, damit zu leben.

Deine Mutter hatte einen guten Einfluss auf ihn, so bodenständig, wie sie ist. Sie hat eigentlich nie an diese Dinge geglaubt, bis sie bemerkte, dass auch du solche Fähigkeiten hast.«

»Hä, ich? Ich sehe nie was!«

»Doch, Liebes, das hast du, als du kleiner warst. Du warst sehr empfindsam. Du weißt ja, dass du in Barcelona geboren wurdest, im selben Frühling, in dem dein Vater sein Architekturstudium beendet hat. Im Juli seid ihr nach Hause gekommen, als das Land in voller Blüte stand. Eine zauberhafte Familie ... Es war wunderbar, euch alle wieder hier zu haben. Deine Eltern mieteten eine kleine Wohnung in Sunnuvík, Jódís wollte in der Nähe ihrer Eltern wohnen und auch zu Svenni und seiner Familie war es nicht weit. Für Opa und mich war es kein Problem, uns kurz ins Auto zu setzen, wenn wir euch besuchen wollten.

Dein Vater war ein guter Architekt und hat schnell Fuß gefasst und deine Mutter war ja auch immer so tüchtig, daher konnten die beiden relativ schnell an ein eigenes Haus denken. Wir waren so glücklich, dass sie in Rökkurhæðir bauen wollten. Als sie das Grundstück in der Sóltún gekauft hatten, haben sie die Mietwohnung aufgegeben und sind zu uns in den Óttulundur gezogen. Von hier war es deutlich kürzer zur Baustelle und wir hatten ja genügend Platz.

Es war herrlich, euch alle hierzuhaben, im alten Kinderzimmer deines Vaters, und auch Svenni und Edda waren damals oft zu Besuch, mit der kleinen Jóhanna. Wir haben viel Zeit miteinander verbracht und starke Familienbande geknüpft. Aber dann ...«

»Was ist dann passiert, Oma?«

»Entschuldige, mein Schatz, es fällt mir immer so schwer, darüber nachzudenken. Es ist etwas Schlimmes passiert, das uns alle tief getroffen hat. Alles geriet aus den Fugen. Jeder war so sehr mit seinem eigenen Schmerz und den eigenen Gefühlen beschäftigt, dass niemand merkte, wie schlecht es deinem Papa ging. Nein, frag nicht, was passiert ist, liebe Vigdís, ich kann es dir nicht sagen. Ich habe deiner Mutter versprochen, dass du es von ihr erfährst. Euer neues Haus war damals im Grunde schon fertig und ihr wärt in jenen Tagen auch eingezogen. Wenn doch bloß ... nein, es hat keinen Zweck, sich darüber den Kopf zu zerbrechen.

Für deinen Vater war es undenkbar, umzuziehen und die Verbindung zum Óttulundur zu kappen, obwohl das neue Haus ja ganz in der Nähe war. Eine schlimme Besessenheit hielt ihn gefangen. Schließlich hat Jódís die Sache in die Hand genommen und wir haben sie nach Kräften unterstützt. Haben gekauft, was im neuen Haus noch fehlte – du weißt ja, dass die Garage mit all eurem Hab und Gut abgebrannt ist –, und haben getan, was wir konnten, um es euch gemütlich zu machen. Das war einige Tage vor deinem dritten Geburtstag.

Etwa ein halbes Jahr später war er eines Tages plötzlich spurlos verschwunden – das dachten wir zumindest. Als wir uns umhörten, kam heraus, dass er den Kontakt zu all seinen Freunden abgebrochen hatte und in den letzten Monaten auch nur noch sporadisch im Büro gewesen war. Uns war schon aufgefallen, dass er immer öfter irgendwie abwesend wirkte, doch wir dachten, dass es an seinem aktuellen Projekt läge, das ihn ganz in Beschlag nahm. Und er sagte auch immer, dass er abends mit den Jungs Fußball spielen oder noch länger im Büro bleiben wolle. Wir haben viel zu spät nachgehakt.

Erst drei Tage später haben wir ihn gefunden, ja, durch Zufall, muss man sagen, oder ... Pétur hatte so eine Ahnung.

Wir haben ihn in dem Zimmer oben auf dem Dachboden entdeckt.

Nach dem Ereignis ... bevor ihr umgezogen seid, hat er unnatürlich viel Zeit dort oben verbracht, das hat ihm nicht gutgetan. Er wollte nur noch da oben sein, inmitten von altem Kram. Die meisten Dinge gehörten wirklich auf die Müllkippe, wir hatten sie nur noch nicht weggebracht.

Er wusste, dass er dort nicht sein sollte, und merkte auch selbst, dass es nicht gut für ihn war.

Daher war er auch nicht unglücklich, als wir ihn darauf ansprachen und gemeinsam beschlossen, das Zimmer leer zu räumen. Er und sein Vater wollten sich darum kümmern.

Wir wollten das Dach anheben und eine Gaube einbauen, den Raum als Hobby- und Spielzimmer für die ganze Familie herrichten. Dein Papa wollte die Pläne für das neue Dach selbst zeichnen und auch die Einrichtung selbst bauen. Er hatte lauter tolle Ideen. Wir dachten alle, dass er schon längst mit dem Umbau angefangen hätte.

Dementsprechend erschrocken war Pétur, als er die Tür öffnete und einen Blick in das Zimmer warf. Karl war so eifrig gewesen und hatte uns gebeten, erst gucken zu kommen, wenn der Raum fertig war.

Doch es war dort noch nichts geschehen.

Nichts.

Er saß bloß in diesem alten Stuhl. Allein. Kein Lebenszeichen. Auf dem Boden lag dieser verdammte ... entschuldige, mein Mädchen: dieser Unglückskoffer. Fest zugeschnürt und abgeschlossen. Niemand hat ihn seitdem geöffnet.

Im ersten Moment dachten wir, er würde schlafen, doch er war tot.

Man hat ihn obduziert, aber nichts gefunden.

Er war ja immer gesund und fit gewesen. Es war, als hätte sein Herz einfach aufgehört zu schlagen, ganz ohne Vorwarnung.«

»Warum habt ihr mir nie davon erzählt?«

»Du warst noch so jung. Deine Mutter hat das entschieden oder vielmehr deine Großmutter, Oma Ása. Als ihr damals so nah beieinandergewohnt habt, zeigte sich, dass sie deinen Vater gar nicht so richtig mochte und auch er sich in ihrer Nähe nie wohlfühlte. Woran das lag, weiß ich nicht – manche Dinge sind zu persönlich, als dass man dahintersteigen könnte. Selbst beim eigenen Sohn. Es hatte etwas mit seiner Empfindsamkeit zu tun ... damit können viele nicht umgehen. Und wollen das auch nicht anerkennen.

Jedenfalls ist es mir deshalb nicht recht, dass ihr euch in diesem Zimmer herumtreibt. Irgendetwas ist da oben. Und außerdem ...«

»Außerdem was, Oma?«

»Vermutlich sollte ich dir einfach die ganze Geschichte erzählen. Ich weiß nicht, ob es wirklich stimmt. Ich erzähle dir jetzt, wie ICH das erlebt habe. Es geht um deinen Opa.

Meinen lieben Pétur.

Das Zimmer war seitdem verschlossen, keiner wollte es mehr betreten – ganz unabhängig davon, was man glaubte oder nicht glaubte. Irgendetwas an dem Zimmer war seltsam und das war auch nicht besser geworden, nachdem Karl dort auf so mysteriöse Weise gestorben war.

Die Umbaupläne ließen wir komplett fallen.

Doch das Fenster war nicht mehr in Ordnung, Opa machte sich große Sorgen, dass es undicht sein und morsch werden könnte. Es auszutauschen, war eigentlich keine große Sache, man konnte das sogar von innen machen, doch er wollte unter keinen Umständen das Zimmer betreten. Aber ebenso wenig wollte er jemand anderen dort hineinlassen. Daher hat er das Fenster dann von außen in Ordnung gebracht. Das klappte auch prima, er hat es ausgetauscht und die Pfosten neu gestrichen, das Fenster ist ja wirklich nicht groß.

Das sollte das letzte Mal sein, dass er auf die Leiter steigt. Diese Kletterei hat mir immer Sorgen gemacht, ständig musste er irgendetwas ausbessern oder reparieren.

Ich weiß noch ... ich stand unten an der Leiter und habe sein entsetztes Gesicht gesehen.

Ich will dir keine Angst einjagen, mein Mädchen, aber ich habe mir fest vorgenommen, dir die Wahrheit zu sagen.

Ich sah eine Hand durch das Fenster greifen. Ich

weiß, das klingt verrückt, aber es sah wirklich so aus, als würde eine Hand nach seinem Gesicht greifen. Irgendetwas muss da gewesen sein, vor irgendetwas schreckte er zurück.

Er rutschte ab und stürzte von der Leiter.«

Während sie das erzählte, blickte Oma die ganze Zeit auf den Boden. Jetzt schaute sie auf und sah Vigdís direkt in die Augen.

»Manchmal glaube ich, dass etwas an dem dran ist, was dein Opa immer gesagt hat. Und auch Svenni. Dass Dinge, die in Vergessenheit geraten, böse werden.«

Vigdís verstand nicht wirklich, was ihre Oma damit sagen wollte. Zum ersten Mal sah sie, was für eine alte Frau Oma Agnes geworden war.

20

Immer dieses verdammte Pflichtbewusstsein.

Vigdís bereute es, ihre Oma gebremst zu haben. Sie hatte ihre Enkelin für den ganzen Tag entschuldigen wollen. Jetzt saß Vigdís zwar brav in der Schule, konnte sich aber auf nichts konzentrieren.

Na ja, nach den Osterferien würde sie sich wieder richtig reinhängen.

Um siebzehn Uhr würde es losgehen Richtung Kopenhagen und vorher durfte sie noch Jóhanna besuchen. Am Ende hatte Oma doch nachgegeben und ihr erlaubt, mittags den Bus in die Stadt zu nehmen. Er hielt genau vor dem Krankenhaus. Oma wollte sie dann dort abholen, mit dem Gepäck im Kofferraum, um sie direkt zum Flughafen zu bringen. Dass Oma sie ins Krankenhaus begleitete, kam nicht infrage – sie musste unter vier Augen mit Jóhanna sprechen.

DDDDDRRRRRRRIIIIIIIIIIIIINNNNG!!!

Yippie, endlich Osterferien! Ingibjörg kam herbeigestürmt und drückte sie. Vigdís bat sie, den anderen Grüße auszurichten, und rannte zum Bus.

Jóhanna war überglücklich, ihre Cousine zu sehen. Sie wartete schon unten in der Cafeteria. Die Ärzte hatten bereits grünes Licht für ihre Entlassung gegeben, die Untersuchungen waren abgeschlossen und alles war in bester Ordnung. Ein Mittagessen mit Vigdís passte perfekt, bevor ihre Mutter kam, um sie abzuholen.

Das Angebot in der Cafeteria war nicht besonders prickelnd, aber immerhin gab es Sandwiches und Saft. Vigdís konnte es kaum erwarten, ihre Cousine zu interviewen, gerade jetzt, nachdem sie die Geschichte ihres Vaters erfahren hatte.

»Was hast du eigentlich bei Oma gemacht? Warum bist du noch mal hingegangen?«

»Puh, keine Ahnung, ich verstehe ja selbst kaum, was passiert ist. Seit Sonntag bin ich total von der Rolle. Auf dem Heimweg habe ich extreme Kopfschmerzen bekommen, die ich nicht mehr losgeworden bin. Ich hatte auch überhaupt keinen Appetit. Mama hat mir eine Schmerztablette gegeben und mich um zehn Uhr ins Bett geschickt. Aber dann habe ich soo mies geschlafen, hatte die ganze Zeit das Gefühl, dass da jemand in meinem Zimmer ist, bin ständig wegen irgendwelcher eingebildeter Geräusche aufgeschreckt, und wenn ich zwischendrin dann doch mal eingeschlafen bin, habe ich immer wieder von dem Mädchen auf dem Foto geträumt.«

»Echt? Von dem Mädchen in dem gelben Kleid?«

»Ja, irgendwie ist es mir nicht mehr aus dem Kopf gegangen, keine Ahnung, warum. Vielleicht, weil ich mir das Bild so lange angeguckt und so viel darüber nachgedacht habe. Na ja, am nächsten Morgen ging es mir jedenfalls ein bisschen besser und ich wollte mich schnell für die Schule fertig machen. Als ich meine Hose anziehen wollte, habe ich in der Tasche das gelbe Haarband gefunden, das das Mädchen auf dem Foto getragen hat und wir ja auch, du weißt schon.«

»Hm, seltsam. Krass, dass du von dem Mädchen geträumt hast. Ich weiß schon gar nicht mehr so genau, wie es aussah. Ich habe mich so auf ihr Kleid konzentriert und auf die anderen Klamotten im Koffer, dass ich kaum auf das Gesicht geachtet habe. Aber dann ...« Sie war sich nicht sicher, ob sie noch mehr sagen sollte. Zum Glück fiel ihr Jóhanna ins Wort:

»Echt nicht? Sie war so süß, dass ich sie die ganze Zeit angucken musste. Aber das lag auch daran, dass ich herausfinden wollte, an wen sie mich erinnert. Und dann kam plötzlich Oma zurück und wir sind runtergerannt und du hast das Kleidchen mitgenommen ... Ich muss das Haarband in meine Tasche gesteckt haben, auch wenn ich mich nicht mehr daran erinnern kann ...«

Jóhanna hielt inne und ihr Blick verlor sich einen Moment in der Ferne.

»DU!!!«, rief sie dann auf einmal.

»Hä, ich? Was?« Vigdís verstand nur Bahnhof.

»Ja, jetzt kapiere ich! Das kleine Mädchen sieht dir auf dem Bild über dem Klavier total ähnlich, abgesehen davon, dass es blond ist.«

»Jaaa, aber liegt das nicht an dem Kleid ... und dem Haarband und so? Es sieht mir nicht ähnlicher als dir. Aber jetzt sag doch mal: Warum bist du noch mal zu Oma gegangen?«

»Vielleicht hast du recht, aber jedenfalls ... In der Schule war ich total schlapp und habe den Tag nur gerade so rumgekriegt. Zu Hause habe ich mich sofort hingelegt. Ich war irgendwie krank oder zumindest angeschlagen und am Tag darauf, also gestern, hat Mama dann Stopp gesagt, ich solle zu Hause bleiben und mich ausruhen. Als Mama und Papa dann mit den Kleinen aufgebrochen sind, bin ich endlich noch mal eingeschlafen. Da habe ich wieder von dem Mädchen geträumt, das war heftig. Es ist zu mir gekommen und hat gesagt, dass ich das Haarband zurückbringen soll, sonst wird es mir schlecht ergehen. Es hat soooo ein böses Gesicht gemacht und die Augen …« Jóhanna schauderte bei dem Gedanken daran.

»Es war überhaupt nicht mehr niedlich. Tatsächlich – ich kapiere das selbst nicht – habe ich mich dann angezogen und das gelbe Band wieder in die Hosentasche gesteckt. Habe eine Jacke übergezogen und bin zur Bushaltestelle gelaufen. Ich war wie in Trance, hatte bestimmt Fieber. Als ich zu Omas Haus kam, war die Eingangstür offen, als hätte jemand gewusst, dass ich komme, dabei war natürlich niemand zu Hause. Auch die Tür zum Dachzimmer stand offen und ich bin reingegangen, habe das Licht angemacht und gesehen, dass der Koffer nicht mehr geschlossen war. Der Deckel war zwar zugeklappt, aber die Lederriemen lagen auf dem Boden und die Schlösser standen offen.«

»Hä? Wir hatten doch alles wieder zugemacht!«

»Ja, ich weiß! Aber ich … oh Gott, du denkst bestimmt, ich bin verrückt … Als ich den Koffer aufgeklappt habe, kam dieses kleine Mädchen auf mich zu, mit ausgestreckten Armen, und dann ist alles schwarz geworden.«

Was Jóhanna da erzählte, war Vigdís ganz und gar nicht geheuer. Diese Situation kannte auch sie, doch sie hatte Jóhanna bisher noch nichts davon gesagt. Sie beschloss, ihre Cousine erst mal zu Ende erzählen zu lassen.

»Als Oma kam, bin ich wieder zu mir gekommen, da saß ich auf einmal in dem Sessel – ich weiß nicht, wie ich da hingekommen bin, und ... weißt du, so ängstlich habe ich Oma noch nie gesehen, sie hat wie eine Irre an mir gerüttelt! Ich musste sie regelrecht anflehen, damit aufzuhören.

Dann ist sie nach unten gestürmt und hat Papa angerufen und den Krankenwagen und ich musste mich auf die Trage legen und durfte noch nicht einmal mit dir reden, dabei hatte ich gar nichts und es ging mir viel besser als morgens nach dem Aufwachen. Jetzt habe ich das Haarband immer noch in der Tasche. Ob du es vielleicht mitnimmst und Oma bittest, es zurück an seinen Platz zu legen?«

Vigdís nahm das Band entgegen und steckte es in ihre Jackentasche. In dem Moment vibrierte ihr Handy. Eine Nachricht von Oma Agnes, sie hatte sich auf den Weg gemacht. Vigdís wollte abfahrbereit sein, wenn sie ankam – obwohl es ihr schwerfiel, sich von Jóhanna zu verabschieden, gerade jetzt, wo die beiden so viel zu bereden hatten.

»Ostern sind wir wieder zurück.«

»Ja, ich weiß. Oma hat uns Ostersonntag zum Essen eingeladen, dann sehen wir uns.«

»Cool, das wusste ich noch gar nicht. Ich freue mich schon, dich wiederzusehen – wir haben noch so viel zu besprechen!«

Die Cousinen umarmten sich zum Abschied. Vigdís ging nach draußen und Jóhanna zurück auf die Station.

Vigdís war tief in Gedanken versunken, als sie die breite Krankenhaustreppe hinunter und auf die Ampel an der Straße zulief, die sie überqueren musste. Auf der anderen Seite wollte Oma sie einsammeln.

Wie krass das doch alles war.

Ein kleines blondes Mädchen, mit Löckchen. Sie beide hatten es gesehen, sie und Jóhanna.

Im Zimmer, das genau über ihrem Zimmer lag.

Die Augen im Spiegel – war das auch das Mädchen gewesen? Was wollte es von ihr, was wollte es ihr sagen?

Was hatte es mit Papa gemacht?

Und Opa ...

Und jetzt auch noch Jóhanna ...

Sie spielte am gelben Haarband in ihrer Jackentasche herum. Da schmiegte sich ein kleines kaltes Händchen in ihre Hand.

Alles verschwamm, Autos, Straße und Häuser flossen zu einem nebligen Etwas zusammen und sie ließ sich von der kleinen Hand führen.

Autos hupten ...

Oma schrie ...

VIGDÍS!!

NEINNEINNEIN!!!!!!!!!!

Ein Knall.

Autsch!

Das tat weh.

Dann war alles schwarz.

21

Jódís saß in einem gemütlichen Café am Kopenhagener *Strich,* der großen Einkaufsstraße, und ließ die Gedanken schweifen. Noch ein kurzes Meeting und dann zum Flughafen, um ihre Vigdís abzuholen. Wie sehr sie sich darauf freute! Doch unter die Freude mischte sich auch ein bisschen Angst. Sie öffnete ihr Portemonnaie und nahm ein kleines vergilbtes Bild heraus. Das Foto war so alt und abgewetzt, dass die Erinnerung die Stellen ausfüllen musste, die nicht mehr richtig zu erkennen waren. Es zeigte zwei kleine Mädchen, das eine mit blonden Löckchen, das andere mit dunklen. Sie schauten nicht den Fotografen an, sahen noch nicht einmal in seine Richtung. Sie hielten sich an der Hand und guckten einander an, beide in gelben Kleidchen. Welch ein Segen war es gewesen, zwei so wunderbare Mädchen zu haben. Auch wenn eines davon nur etwa zwei Jahre bei ihnen hatte sein dürfen.

Es hatte Jódís gutgetan, so lange unterwegs zu sein, obwohl es natürlich auch hart gewesen war. Sie war es gewohnt zu vermissen, daher nahm sie dieses Gefühl kaum noch wahr. Die Entfernung von zu Hause half ihr, ihre Gefühle zu sortieren. Einerseits dieses angenehme Sehnen, das mit der Gewissheit verknüpft war, die Menschen, die sie vermisste, bald wieder bei sich zu haben, und andererseits der Schmerz, der vom endgültigen Verlust ausging. Den man nicht heilen konnte, sondern mit dem man sich abfinden musste. Sie spürte es ganz deutlich: Um sich endlich damit abfinden zu können, musste sie darüber sprechen.

Sie musste Valdís endlich aus der Dunkelheit herauslassen, in die sie die Kleine verbannt hatte, und ans Licht führen.

Ans Licht zu ihrer Zwillingsschwester, ihrer Mutter, ihrer Oma.

Sie wusste, dass sie schon vor Langem mit Vigdís hätte reden müssen. Doch es fiel ihr schwer, die Dinge so anzunehmen, wie sie waren, und sich nicht ständig Vorwürfe zu machen. Inzwischen sah auch sie immer klarer, dass es ein Unfall gewesen war, den niemand hätte verhindern können. Niemand trug Schuld daran, das hatte auch Karl immer gesagt.

Sie waren in die Sóltún gefahren, um sich die Fortschritte auf der Baustelle anzusehen. Während sie einen Blick ins Haus warfen, durften die Mädchen draußen auf dem Grundstück spielen. Schmutzig und staubig war es ohnehin überall. Aus irgendeinem Grund hatte Valdís ihre Schuhe ausgezogen, und als Jódís wieder nach draußen kam, lief Vigdís mit den Schühchen hinter ihrer Schwester her. Vigdís war schon immer die ernsthaftere der beiden gewesen, die alles richtig machen wollte und versuchte, ihre wilde Schwester im Zaum zu halten.

Bei der Erinnerung an die beiden so ähnlichen und doch so verschiedenen kleinen Damen lächelte Jódís. Dunkle Löckchen und blonde Löckchen.

Sie hätte es besser wissen müssen, als Valdís am Abend hohes Fieber bekam.

Sie hätten schneller mit ihr zum Arzt fahren müssen ...

Sie hätten auf noch mehr Untersuchungen bestehen müssen ...

Sie hätten in die Notaufnahme und nicht zum Bereitschaftsdienst fahren müssen ...

Doch wie zum Teufel hätte sie auch ahnen können, dass auf einem ganz neuen Grundstück rostige Nägel herumliegen? Später hatte sie erfahren, dass die Handwerker, die sie engagiert hatten, ins Gerede gekommen waren, weil sie ihr Material aus den Ruinen holten, um ein paar Kronen zu sparen. Altes Bauholz, das sie fürs Gerüst verwendeten. Vermutlich waren die rostigen Nägel so auf die Baustelle gekommen.

Es war zwecklos, sich darüber immer wieder den Kopf zu zerbrechen. Ein Teil des Heilungsprozesses war, aufzuhören, einen Schuldigen zu suchen, und anzuerkennen, dass es ein Unfall gewesen war.

Eine Reihe von Fehlern.

Die sie ihre kleine Tochter gekostet hatten.

Sie und Karl hatten sich darauf geeinigt, es Vigdís noch vor der Einschulung zu erzählen. Dann starb Karl. Und Vigdís musste den Tod ihres Papas verkraften. Jódís brachte es nicht übers Herz, sie zu diesem Zeitpunkt und in den folgenden Jahren noch zusätzlich zu belasten. Ihr Schwiegervater Pétur hatte sie darin bestärkt und die beiden hatten sich auch schon genau überlegt, wie sie die Sache am besten angehen wollten.

Als Pétur dann auch gestorben war, hatte sie sich eingebildet, dass das ein Wink des Himmels gewesen war und sie Vigdís auch weiterhin vor der Wahrheit schützen musste. Doch tief in ihrem Inneren wusste sie, dass sie vor allem sich selbst schützte, indem sie das schwierige Thema immer wieder wegschob.

Agnes mischte sich in diese Dinge nicht ein. Sie liebte Vigdís über alles, mochte auch Jódís sehr gern und wollte immer nur, dass es allen gut ging.

Doch jetzt fand sie offenbar, dass Jódís es zu sehr ausgereizt hatte. Es war Agnes zu verdanken, dass Vigdís gerade auf dem Weg zu ihr war. Sie freute sich darauf, Vigdís ihre alten Pfade in Barcelona zu zeigen. Die Uni, an der Karl seinen Abschluss gemacht hatte, und das Haus, in dem ihre Wohnung gewesen war. Im selben Viertel hatte sie auch jetzt eine Unterkunft gebucht. Ihr Lieblingscafé, das Krankenhaus, in dem die Schwestern auf die Welt gekommen waren. Und dann würde sie mit ihr auf den Friedhof von Sunnuvík gehen, nach dem Urlaub. Zum Grab von Valdís.

Jódís zuckte zusammen, als ihr Handy klingelte. Hatte sie das Meeting verpasst? Nein, es war Agnes, sie rief aus Island an.

»Hallo Agnes!«

Lies weiter in *Dämmerhöhe* – Band 3
Juni 2016

Niemand spricht über das, was in Dämmerhöhe geschieht ...

Du willst trotzdem wissen,
was als Nächstes passiert?
Du willst wissen, wer in
Dämmerhöhe wirklich sein Unwesen treibt?
Lies alle Geschichten von Band 1–7
– und du wirst es erfahren!

Viele Zusatzinformationen findest du auch auf:
www.dämmerhöhe.de
www.facebook.com/daemmerhoehe